EN LETTRES **D'ANCRE**

DU MÊME AUTEUR

La Saison des ouragans, Grasset, 2019.

FERNANDA MELCHOR

PARADAÏZE

roman

Traduit de l'espagnol (Mexique)
par Laura Alcoba

BERNARD GRASSET
PARIS

L'édition originale de cet ouvrage a été publiée en 2021
par Literatura Random House, sous le titre :

PÁRADAIS

Photos de couverture : © Gettyimages

ISBN 978-2-246-82771-9

Juillet 2022 -

Ecriture bizarre - Peu de ponctuation - Pas de chapitres - Saccadé - Récit pas mal - Se lit bien -

Pour Luis Jorge Boone
Pour Darío Zalapa

Assez agréable -

Qu'est-ce qui va se passer ? Il ne va rien se passer du tout.

Il est impossible qu'il arrive quoi que ce soit. Que vais-je faire ? [...]

Tomber amoureux en sachant que tout est perdu et qu'il n'y a aucun espoir.

José Emilio Pacheco,
Batailles dans le désert

I hear those sirens scream my name.

David Lynch, « Up in Flames »

Tout ça, c'est la faute du gros, voilà ce qu'il allait leur dire. La faute de Franco Andrade et de son obsession pour madame Marián. Polo n'avait fait que lui obéir, suivre les ordres qu'il lui donnait. Cette femme le rendait complètement fou, Polo en avait été témoin, depuis plusieurs semaines le gars ne parlait que de se la faire, la posséder, d'une manière ou d'une autre ; il n'avait que ça à la bouche, il le répétait comme un disque rayé, le regard perdu et les yeux rougis par l'alcool, les doigts tout gras à cause du fromage en poudre que ce gros porc n'essuyait avec sa langue que lorsqu'il avait fini tout le paquet de chips, format familial. Je vais la baiser comme ça, c'est ce qu'il marmonnait, après s'être mis debout en titubant au bord du quai ; je vais me la faire comme ça, après je vais la tourner dans tous les sens et je vais la baiser encore, puis il essuyait sa bave avec le dos de la main, son sourire fendu jusqu'aux oreilles révélait ses grosses dents, blanches et droites comme dans une pub pour un dentifrice, des dents qu'il serrait avec rage tandis que son corps gélatineux frissonnait dans une maladroite pantomime de coït, alors Polo détournait les yeux et riait, agacé, il profitait de la distraction du gros pour se jeter sur la bouteille, allumer une autre cigarette et cracher violemment la fumée vers le haut, juste histoire d'éloigner les moustiques de la mangrove. C'était rien que de la frime, de la part du gros, pensait Polo ; que des salades, des conneries qu'il disait sous l'effet de la chaleur et de l'alcool, c'est du moins ce qu'il avait pensé au début, quand ils ont eu leurs premières cuites sur le quai, dans la partie la plus sombre du petit embarcadère en bois qui longeait le fleuve, juste à l'endroit que les lumières de la terrasse n'arrivaient pas à atteindre, là où l'ombre des branches du grand ficus les protégeait des regards du gardien de nuit et des habitants de la résidence, tout particulièrement des grands-parents de Franco, qui, d'après lui, auraient une embolie s'ils venaient à tomber sur l'*enfant* en train de consommer de l'alcool et de fumer des cigarettes, ou allez savoir quelles autres saloperies encore, et, le pire de tout, en compagnie d'un membre du *service*, comme disait cet imbécile d'Urquiza pour se référer aux employés du lotissement : en l'occurrence, avec le jardinier de la résidence ; un scandale immense, un abus de confiance total qui coûterait à Polo son boulot, ce qui en réalité ne lui importait pas tellement car il partirait enfin, par bonheur, de ce maudit lotissement pour ne plus jamais y mettre les pieds ; ce qui était vraiment chiant dans cette circonstance, c'est que tôt ou tard il serait obligé de rentrer chez lui et d'avoir une explication avec sa mère à ce sujet, mais même si cette perspective lui semblait détestable – pour ne pas dire, au fond, franchement effrayante –, Polo était incapable de résister. Il ne pouvait pas dire non à ce gros porc quand il lui faisait signe depuis la fenêtre ; il ne voulait pas se priver de se bourrer la gueule sur le quai même si ce gamin idiot l'emmerdait, même s'il commençait à lui casser les couilles avec ces délires lubriques qui tournaient en boucle et son éternelle obsession pour la voisine, dont le gros était tombé éperdument amoureux dès qu'il l'avait vue, cet après-midi de la fin du mois de mai, lorsque les Maroño étaient arrivés à la résidence Paradaïze pour recevoir officiellement les clés de leur nouveau foyer à bord d'un Grande Cherokee blanc, avec madame Marián en personne au volant.

Polo se souvenait parfaitement de ce jour-là ; ça l'avait amusé de voir madame au volant et son mari relégué à la place du copilote, puis la fenêtre s'était baissée en bourdonnant et une bouffée d'air froid avait percuté son visage perlé de sueur. La femme portait des lunettes noires qui cachaient complètement ses yeux et sur lesquelles Polo voyait son propre reflet, elle lui expliquait qui ils étaient et ce qu'ils faisaient là, sa bouche était maquillée d'un rouge indécent, ses bras nus étaient couverts de bracelets argentés qui tintaient comme des carillons, Polo avait fini par relever la barrière d'accès et elle avait agité sa main en guise de remerciement. Une femme comme tant d'autres, une femme *lambda*, elle ne l'avait jamais impressionné. Semblable aux autres femmes qui vivaient dans ces grandes maisons blanches avec de fausses tuiles du lotissement : portant toujours des lunettes noires, toujours fraîches et resplendissantes derrière les vitres fumées de leurs immenses quatre-quatre, les cheveux lisses et teints, les ongles parfaitement faits, mais rien d'extraordinaire quand on les regardait de près ; allons, rien qui mérite de devenir fou comme ce gros crétin, vraiment, pas la peine d'en faire une histoire. Ils la connaissaient sûrement, pour avoir déjà vu des photos d'elle ; le mari était célèbre, il animait une émission de télé, on n'arrêtait pas de les voir tous les quatre dans les pages people des journaux : lui, petit et chauve, toujours avec une veste et une chemise à longues manches malgré cette foutue chaleur, les deux gamins guindés puis elle, accaparant les regards avec ses lèvres charnues et ses yeux éclatants qui semblaient sourire en silence, à la fois pétillants et fripons, les sourcils arqués dans une moue de complicité coquette, plus grande que son mari avec ses chaussures à plate-forme, une main posée sur sa taille, les cheveux détachés lui arrivant aux épaules et le cou paré de plusieurs colliers clinquants. C'était le mot qui la décrivait le mieux : plus que belle, elle était clinquante, elle attirait le regard comme si elle était faite pour qu'on fixe les yeux sur elle, avec ses courbes sculptées dans un gymnase et ses jambes nues jusqu'à mi-cuisse, portant des jupes de soie sauvage ou ses shorts de lin pâle qui contrastaient avec l'éclat hâlé de sa peau toujours bronzée. Un cul plutôt pas mal, mais rien d'exceptionnel ; un cul acceptable qui parvenait encore très bien à dissimuler ses heures de vol, les rides et les ravages provoqués par les deux enfants qu'elle avait mis au monde – le plus âgé était déjà un jeune homme – et tout ça grâce aux crèmes, aux fringues chics et à ce roulement de hanches réglé au millimètre, parfaitement sous contrôle, que madame avait quand elle marchait, où qu'elle aille, sur des hauts talons, en sandales ou bien pieds nus sur l'herbe, et qui faisait que la moitié des habitants du lotissement se retournait pour la regarder passer. Exactement ce qu'elle voulait, pas vrai ? Qu'on la regarde avec désir et envie, qu'on lui consacre des pensées cochonnes au passage. On voyait bien qu'elle *adorait* ça, tout comme son chauve de mari ; chaque fois que Polo les voyait ensemble, le type avait une main sur elle : soit il la tenait par la taille, soit il lui palpait le bas du dos, soit il lui tâtait une fesse avec la fierté de celui qui marque son territoire et exhibe son bestiau, et pendant ce temps elle se contentait de sourire, heureuse d'être admirée, c'est pour ça que Polo réfrénait toujours son envie de la voir et se forçait lui-même à maîtriser la tension instinctive du cou, le mouvement presque mécanique qu'il avait besoin de faire pour tourner la tête et suivre la trajectoire de ces fesses qui se dandinaient allègrement dans les rues du lotissement, parce qu'il voulait que personne – pas plus elle que son mari, les enfants ou cet imbécile d'Urquiza, mais surtout elle, cette putain de gonzesse – ne le découvrent en train de l'admirer, de fantasmer sur elle les yeux mi-clos, la bouche ouverte avec un filet de bave, comme le faisait le gros, ce crétin, quand il la regardait de loin. C'était tellement *évident* qu'il était fou d'elle ; il n'arrivait pas à le dissimuler, même Polo avait fini par s'en rendre compte, alors qu'à ce moment-là, au début, quand les Maroño se sont installés dans la maison numéro sept à la fin du mois de mai, Polo ne fréquentait pas encore Franco Andrade ; on n'avait pas encore annoncé la fête de Micky, leur gosse mal élevé, et l'un et l'autre n'avaient même pas échangé ne serait-ce que la moitié d'une phrase. Mais c'était vraiment impossible de ne pas remarquer le gros quand on tombait sur lui en train d'errer, toujours oisif et solitaire, dans les rues pavées de Paradaïze, avec son ventre extraordinaire, son visage rougeaud criblé de boutons purulents et ces bouclettes blondes qui lui donnaient un air ridicule de chérubin suralimenté : un gros tas, ce garçon, dont les yeux inexpressifs ne semblaient vivants que lorsqu'il avait madame Maroño devant lui, cette femme qu'il ne cessait de guetter depuis leur emménagement. Il fallait être aveugle ou vraiment très con pour ne pas remarquer les tentatives désespérées de ce porc malheureux cherchant à être près d'elle, d'ailleurs chaque fois que la voisine sortait dans le jardin qui se trouvait devant sa maison pour s'amuser avec ses enfants, tout juste vêtue d'un short en Lycra et d'une brassière qui, immanquablement, finissaient *collés* à sa peau à cause de l'eau du tuyau d'arrosage qu'elle se disputait avec eux, au milieu des rires, le gamin gras et blafard sortait *en courant* de chez lui, soi-disant pour laver la voiture de ses grands-parents, une tâche qu'il avait littéralement en horreur, mais que maintenant il réalisait sans que les vieux aient besoin de le lui réclamer à cor et à cri comme avant, ou en le menaçant de lui confisquer son ordinateur ou son téléphone portable. Et comme par hasard, chaque fois que madame descendait sur la terrasse pour bronzer en maillot de bain, le même mastodonte débarquait trois minutes après, couvert d'un maillot dans lequel il rentrait à peine, d'un tee-shirt aussi grand qu'une yourte, avec lequel il essayait de cacher la masse débordante de son bide, et derrière des lunettes noires afin de dissimuler son regard obsessionnellement rivé sur les chairs de madame que la crème bronzante faisait briller, allongée deux transats plus loin, totalement indifférente aux soupirs lubriques de ce porc et aux occasionnels tripatouillages avec lesquels ce gros maladroit essayait de ranger son machin bien raide pour qu'on ne le remarque pas. Mais le plus pathétique dans cette affaire, c'était ses tentatives répétées pour devenir copain avec les deux rejetons de la dame, Andrés avec sa voix aiguë et ce pleurnichard de Miguel, l'enfant gâté, et que les voisins du lotissement appelaient *Andy* et *Micky*, dans un absurde élan de vulgarité encouragé par les Maroño, allez savoir pourquoi, ils n'avaient rien de gringos, c'était juste histoire d'être ridicules, et lorsque le gros les appelait en gueulant dans l'aire de jeux du parc, c'était plus risible encore, il soufflait comme un buffle derrière le ballon qu'Andy ne voulait pas lui passer, le gros se montrait toujours obséquieux et servile face aux caprices de Micky, rien que pour gagner le droit d'être invité à goûter chez ses voisins et pouvoir ainsi jouir, ne serait-ce que quelques brefs instants, de la présence de la femme de ses rêves, la reine et la protagoniste de ses fantasmes sexuels les plus fous, la propriétaire du torrent visqueux que ce grand branleur crachait toutes les nuits, sans faute, parfois jusqu'au petit matin, tandis qu'il pensait à elle et à ses lèvres excitantes, à son cul éclatant, à ses seins généreux, incapable de dormir en raison du désir que cette femme éveillait en lui, du feu qui l'avait envahi depuis la toute première fois, quand il l'avait vue descendre de son quatre-quatre blanc, c'était une effervescence qui lui rappelait le frémissement du champagne avec lequel ses grands-parents célébraient la nouvelle année et qu'il buvait en cachette, dès que les vieux étaient un peu éméchés ; c'était un vertige qui, en son absence, devenait angoisse et sensation de néant, une faille tectonique qui s'ouvrait soudain dans son âme, chaque après-midi, lorsqu'il devait repartir de chez ses voisins car monsieur Moroño revenait du travail, que les enfants devaient prendre leur bain et finir leurs devoirs, alors madame Marián le priait de sa voix la plus douce et la plus aimable, elle le priait de s'en aller, il était tard, déjà, et ses grands-parents devaient se demander où il était, puis elle lui donnait une petite tape complice sur le dos et l'accompagnait jusqu'à la porte d'entrée avec un sourire, alors le gros ne pouvait que retourner chez lui, la queue entre les pattes et le parfum de la dame valsant encore dans ses narines – d'après lui, c'était un mélange de Carolina Herrera, de cigarettes au menthol et de l'arôme acide de la sueur accrochée à son décolleté –, pour essayer, en vain, de remplir cette sensation de vide qui ne cessait de grandir avec des émissions de télé-réalité et des dessins animés vulgaires que ses grands-parents réprouvaient, plus des tas de biscuits, de petits gâteaux industriels et d'énormes bols de céréales trempant dans le lait, puis il fuyait, montait les escaliers et allait s'enfermer dans sa chambre climatisée pour péter et regarder des films pornos sur le nouvel ordinateur portable que les vieux lui avaient offert pour son dernier anniversaire et dont la mémoire était presque saturée de vidéos lubriques que Franco téléchargeait sur certains forums ou des sites spécialisés, des images de nichons et de chattes et de culs qui déjà à l'époque commençaient à l'ennuyer, mais qu'il regardait de toute façon, et durant des heures, par simple habitude. Car que pouvait-il faire d'autre pour calmer cette ardeur qui le brûlait de l'intérieur, cette ardeur désespérante ?

Mais quelque chose d'étrange arrivait à ce gros infâme depuis l'arrivée de madame Marián dans sa vie : tout le porno qu'il regardait lui paraissait lamentable, rien qu'une arnaque grotesque ; les filles écartaient les cuisses, les mecs s'y engouffraient, tout était artificiel et manquait d'envie dans leurs gestes, c'était parfaitement décevant, dénué de sens. Cette brune aux cheveux courts, par exemple, qui durant des mois avait éveillé chez Franco une ardeur frisant l'idolâtrie en raison de sa prétendue prédilection pour les adolescents vierges, lui semblait maintenant être une pute quelconque sortie d'un repaire de drogués, trop jeune pour représenter une croqueuse de marmots convaincante, totalement dénuée de l'allure et de la classe qui émanaient de madame Marián, même quand elle réalisait les activités les plus anodines : il suffisait de la voir adossée au bar de la cuisine tandis qu'elle parlait avec une copine dans son téléphone sans fil, une cigarette entre ses doigts allongés, le cou de son pied nu caressant la surface lisse, très lisse de son mollet si bien fait. Rien à voir avec les filles grotesques que Franco avait désirées jusqu'alors avec une passion et une folie proprement pubescentes ; comme cette autre, la première d'une longue liste d'actrices pornos qui allaient obséder le gros à partir du moment où ses grands-parents avaient installé internet à la maison, alors qu'il avait onze ans : une femme blonde et assez mûre, avec des yeux bleus, qui criait et riait, tandis que ses grands nichons roses se balançaient en l'air et qu'un groupe de mauvais garçons la sautait, de concert. Combien de branlettes endiablées Franco a bien pu consacrer à cette gonzesse, celle-là même qui à présent, lorsqu'il revenait à ces mêmes vidéos, les plus anciennes dans l'historique de son ordinateur, lui faisait l'effet d'une sorcière émaciée, affreuse et repoussante, avec les dents de travers et la peau décolorée, sillonnée de veines aussi vertes qu'un gecko ! Rien à voir avec le teint doré de madame Marián prenant le soleil, sur le ventre, près de la piscine, le soutien-gorge défait pour ne pas marquer son dos divin, et ce cul succulent, glorieusement placé à hauteur des yeux de Franco, si réel et si proche qu'il aurait suffi de nager jusqu'au bord opposé de la piscine et de sortir une main hors de l'eau pour vérifier sa douceur de pêche mûre : le cul parfait qui réduisait à néant tous les autres culs, et qui un jour, allez savoir comment, ou quand, ou en quelles circonstances, mais qui un jour serait bien à lui, rien qu'à lui pour lui mettre les mains dessus, puis le presser et le mordre et le lécher avant de le transpercer sans pitié jusqu'à la faire pleurer de plaisir et d'effroi, alors qu'elle répéterait son prénom, *Franco*, lui, la bite bien enfoncée en elle jusqu'à la naissance des couilles, *Franco*, et elle qui le supplierait d'y aller plus vigoureusement, *Franco, plus fort, mon chéri*, jusqu'à la faire jouir, dans de multiples orgasmes, et l'asperger de son sperme chaud pour ensuite reprendre sa besogne. C'était comme ça toute la nuit, sans pause, dans son esprit tordu, et toute la journée aussi, si c'était possible, lorsque ses grands-parents partaient pour le club les week-ends et que le gros pouvait s'enfermer dans sa chambre, sans que personne vienne l'emmerder, afin de regarder son porno avec un casque et compléter les vidéos si familières avec des scènes de sa propre invention, superposant le visage de madame Marián sur les traits vulgaires des stripteaseuses, la verge turgescente dans sa main, le pantalon roulé au niveau des chevilles, susurrant encore et encore son nom, l'invoquant avec son pubis, les paupières fermées et grinçant des dents, traversant la distance qui les séparait comme l'aurait fait un fantôme se détachant soudain de l'immense masse de chair qui reposait sur le lit, puis volant, léger, traversant la fenêtre de sa chambre puis les murs de la maison voisine, la cherchant partout avant de la trouver, assise dans le salon avec son mari et ses enfants : lui, à l'une des extrémités du canapé et elle à l'autre, avec les deux gamins au milieu, allongés entre les coussins, la tête du plus petit posée sur l'un des délicieux nichons de la dame, à moitié découvert par la chemise de nuit légère, les lèvres du petit garçon qui somnole tout près du téton sombre que l'on devine sous le tissu transparent, un bouton de chair douce qui durcit quand Franco le touche avec ses doigts invisibles, timidement, au départ, mais avec plus de rudesse lorsqu'il l'entend soupirer et s'agiter dans son siège, excitée par ce tripotage, des chatouilles qui soudain deviennent plus brusques, plus humides, une bouche d'ectoplasme qui suce et mord avec avidité et qui finit par lui faire lâcher un gémissement involontaire. Mais qu'est-ce qui se passe ? voilà sans doute ce qu'elle se demandait. Pourquoi soudain sa vulve était toute trempée ? Pourquoi un plaisir inconnu faisait-il battre sa poitrine, vu qu'elle était seulement assise dans son salon, à regarder une émission de jeux avec son mari et ses enfants ? Et qu'était-ce donc que cette force irrépressible qui la forçait à écarter les cuisses, qui la pénétrait avec une douce violence et la poussait à y mettre la main et à se tortiller pour éclater en un climax étranglé, devant les visages inquiets et éberlués des membres de sa famille ? La verge de Franco battait et à son extrémité pointait un filet de lait qui s'entortillait autour de ses doigts engourdis, des doigts qui, soudain, n'étaient plus le con serré de madame Marián ou son cul froncé, mais rien que les doigts du gros, maculés de graisse et de fromage en poudre ; des doigts impatients qui peu après, peut-être, grimpaient de nouveau sur son aine et reprenaient leur tiraillement compulsif, s'imaginant cette fois qu'il se trouvait seul en présence de madame, dans la chambre à coucher des Maroño, elle assise au bord du lit, Franco debout, les mains dans les poches, la tête baissée après avoir osé lui avouer son secret : l'anxiété, l'angoisse qu'il éprouvait, la honte qu'il avait à le lui dire, la sensation qu'il allait mourir s'il ne parvenait pas très vite à apaiser son désir, tandis que madame Marián acquiesçait, douce et compréhensive, et qu'elle avançait une main gracile pour toucher le membre du gros par-dessus son bermuda. Il n'y avait pas de raison de s'inquiéter, lui dirait-elle, en frottant l'érection qui déformait le tissu. Bien sûr qu'elle comprenait la souffrance de Franco : un animal comme celui-là, tellement grand et dur, devait être régulièrement rassasié, lui expliquait-elle, sur ce petit ton ravissant avec lequel elle calmait les colères de ses enfants. Il avait bien fait de le lui dire ; elle l'aiderait chaque fois qu'il le lui demanderait, et avec ses mains délicates elle défaisait sa ceinture, ouvrait sa braguette puis le branlait tout de go, avec zèle et application, enveloppant complètement son membre, depuis l'extrémité jusqu'à la base, avec ses superbes doigts aux ongles vernis, débordant de tendresse et d'enthousiasme, tandis que Franco serrait les dents et remuait les hanches avec des spasmes imparables qui finissaient par éclabousser le visage souriant de la dame, les lèvres entrouvertes, pourpres, et c'était comme ça durant des heures, un fantasme derrière l'autre – il la surprenait nue dans la piscine, ou les pieds et les mains attachés sur le sol de la cuisine, ou tout juste sortie de la douche, le pubis mouillé, les tétons dressés – jusqu'à ce que la brûlure de son urètre l'empêche de continuer à se frotter, puis il s'endormait, l'angoisse de son corps avait été momentanément drainée, du moins jusqu'au lendemain matin, où la première chose qu'il faisait dès qu'il ouvrait les yeux, c'était courir jusqu'à la fenêtre de sa chambre pour surprendre la voisine en train de quitter sa maison en tenue de sport, avant de monter dans son quatre-quatre pour conduire ses enfants à l'école, les deux gamins en uniforme, plus qu'impeccables et visiblement mécontents, puis elle allait au gymnase ou dans un salon de beauté, pour faire ses trucs de dame que le gros aurait adoré voir de près, s'il avait pu l'accompagner, ou la suivre là, tout de suite, au volant d'une voiture, tel un espion dans un film.

Mais il n'y avait pas moyen que ses grands-parents lui prêtent leur bagnole spontanément, pourtant le porc avait le permis, et tout ; son père lui avait appris à conduire depuis qu'il était gamin. Le problème c'est que les vieux étaient toujours en colère contre lui parce qu'il s'était fait virer du lycée, au point qu'ils avaient annulé les vacances en Italie que la grand-mère organisait depuis des mois, à la place ils projetaient de le conduire dans une horrible académie militaire de Puebla où on leur avait promis de mater le gros en moins d'un an. On ne l'autorisait pas non plus à aller à des fêtes et ils ne lui donnaient pas un sou d'argent de poche, mais le gros se débrouillait toujours pour leur piquer du fric, il glissait sa main dans le portefeuille du grand-père dès que le vieux avait le dos tourné, il lui arrivait aussi de voler dans la boîte à bijoux en velours de la grand-mère, qui rejetait toujours la faute sur les éphémères servantes qui défilaient chez eux – aucune d'entre elles ne parvenait à supporter très longtemps le caractère aigri de la vieille – quant à la disparition soudaine de petits bijoux : des chaînes en or ou des boucles d'oreilles de mauvais goût, offertes par une parente ayant peu de moyens, des broutilles données sans conviction et que la grand-mère ne portait jamais, dont elle mettait des mois à remarquer l'absence et que le gros revendait en cachette et plutôt mal à des prêteurs sur gage du centre commercial, là où, parfois, ils prenaient le petit déjeuner en famille ; c'étaient des vols franchement minables que le gros présentait comme s'il s'agissait de braquages de banque, peut-être pour impressionner Polo et lui faire croire que Franco Andrade était un gros dur capable de tout, un délinquant de haut vol, un rebelle téméraire qui méprisait les lois de la société et les bonnes manières, quand en réalité la seule chose que Polo pensait, c'est que le gros était un gamin trouillard et branleur, un gosse gâté qui passait sa journée à se palucher en pensant aux fesses de la voisine, qui d'ailleurs n'était pas aussi appétissante que le gamin le prétendait, vraiment pas, mais ça, Polo ne le lui disait jamais.

Polo ne disait jamais rien non plus au gros quand ils buvaient ; il n'exprimait jamais ce qu'il pensait réellement du gamin et de ses fantasmes ridicules avec madame Marián, du moins au début, lors de leurs premières cuites sur le quai, quand le gros était bien fait et qu'il passait des *heures* à raconter à Polo, par le menu et sans la moindre retenue, toutes les cochonneries qui lui passaient par la tête, les films pornos qu'il regardait, le nombre de fois où il se masturbait dans la journée, ou bien les choses qu'il comptait faire à madame quand il arriverait enfin à la toucher, d'une manière ou d'une autre, Polo se contentait d'acquiescer et de glousser, et il se rabattait sur la bouteille de rhum que le gros avait dénichée mais que Polo buvait aux trois quarts, ne versant au gros baveux qu'un peu de boisson dans son verre en plastique, puis il soufflait la fumée de cigarette vers le haut pour éloigner les moustiques qui tournaient dans les nuages vertigineux formés au-dessus de leurs têtes, il acquiesçait occasionnellement pour donner l'impression au gros qu'il était vraiment en train de l'écouter, que d'ailleurs il le *comprenait* et qu'il n'était pas là seulement par *simple intérêt*, pas vrai ? pas seulement pour la bouteille de rhum et le pack de bières bien fraîches et les cigarettes, mais surtout pour ne pas rentrer chez lui *sans avoir bu*, alors que sa mère et sa pétasse de cousine étaient encore réveillées, à l'attendre.

C'est pour ça qu'il le faisait, en réalité, c'est pour ça qu'il restait à écouter les ragots des gardiens, au lieu de retourner fissa à Progreso. Comme ça il donnait une chance au gros de cacher le fric entre les tiges des isoras qui entouraient le jardin, devant la maison des Andrade, puis de lui faire signe depuis la fenêtre de sa chambre pour qu'il aille le récupérer. Parfois, Polo trouvait des billets dans les arbustes ; parfois, seulement quelques pièces. Peu importait, en réalité, car de toute façon il se débrouillait toujours pour descendre à vélo jusqu'à l'épicerie avant d'en revenir avec quelque chose qui leur permette de planer un peu : un alcool fort, des sodas et des verres en plastique quand il y avait assez d'argent, ou des canettes de bière et des cigarettes sans filtre quand elles étaient en promotion, ou juste un quart d'eau-de-vie et une brique de jus d'orange quand le butin était plus petit. Personnellement, Polo préférait le rhum blanc avec du Coca, mais dès qu'il entrait dans la danse, ça lui était égal de boire n'importe quoi, du moment qu'à la fin sa tête bourdonnait et qu'il se sentait agréablement engourdi. Alors, les conneries que débitait le gros n'avaient plus aucune importance, ni la chaleur suffocante de la mangrove qui les enveloppait, ni les attaques des jejenes, des chaquistes et des autres moustiques, ni l'inquiétante présence de la grande maison murmurant dans leur dos, cette masse de briques cachée derrière les broussailles du terrain vague que Polo devait traverser pour arriver jusqu'à l'embarcadère où il retrouvait le gros, parce que c'était la seule manière d'entrer de nouveau dans le lotissement une fois qu'il avait enregistré sa sortie. Car persuader les employés de l'épicerie de lui vendre de l'alcool sans sa carte d'électeur ni son permis de conduire, c'était du gâteau ; Polo était grand, il avait toujours un air farouche, et il semblait plus âgé qu'il ne l'était en réalité ; ce qui était compliqué, c'était de retourner dans le lotissement avec la boisson sans se faire repérer par les caméras ou les gardiens, il coupait par les buissons, là où des plantes grimpantes couvraient le terrain contigu, puis il arrivait au bord du fleuve, où les branches noueuses d'un ficus tortueux lui servaient de pont, et il atteignait le quai sans même avoir à mouiller ses chaussures. Mais le souci était que pour arriver jusqu'à cet arbre, Polo devait passer à côté de la grande maison de la Comtesse avec ses deux étages de ruines recouvertes de mousse, cette grande maison sur laquelle on racontait beaucoup de choses inquiétantes au village, et lui, il passait là juste au moment où le soleil commençait à disparaître derrière la ligne des palmiers qui se dressaient de l'autre côté du fleuve, de sorte que les ombres s'allongeaient, l'air se remplissait d'étranges murmures et des cris anxieux d'oiseaux annonçant leur départ, il était obligé de passer à côté des immenses fenêtres noires et totalement détruites de la grande maison, poussant le guidon de son vélo sur lequel le sac en plastique contenant l'alcool se balançait et tintait, les yeux rivés sur le tapis de feuilles sèches qui craquait sous ses pieds, pour ne pas avoir à regarder la façade de la maison. Il savait bien qu'il n'y aurait aucun fantôme dans l'embrasure des fenêtres, aucune main spectrale lui faisant signe d'approcher ; il savait bien que ce bruit mystérieux qui ressemblait à un cliquetis n'était rien d'autre que le cri des lézards qui nichaient entre les pierres grises, et que le murmure inquiétant qui hérissait ses cheveux au bas de sa nuque provenait de la brise qui, chaque après-midi, montait du fleuve et faisait tinter les gousses des acacias qui poussaient entre ses murs. Il savait parfaitement qu'il n'y avait pas de réel danger dans ces ruines, pas de fossé avec des crocodiles affamés cachés entre les murs crasseux et les fougères sauvages, mais il avait du mal à s'enlever de la tête les histoires que les vieilles cancanières de Progreso lui avaient racontées à propos de la Comtesse Sanglante quand il était tout gamin, et il faut bien dire que la seule chose qui l'empêchait de jeter son vélo et le sac avec les bouteilles puis de partir en courant, effrayé, c'était de se dire que si jamais il le faisait il se sentirait vraiment très con, alors allez savoir où il trouvait la force et le courage pour continuer à avancer pas à pas jusqu'au ficus qui poussait au bord du fleuve, sans regarder derrière lui, pas même une fois, ni trahir la peur qu'il éprouvait en se mordant les lèvres comme un lâche, car quelqu'un était peut-être en train de l'espionner au même moment, mort de rire face à sa couardise. C'est pour ça qu'il buvait tout de suite, immédiatement après s'être installé dans l'embarcadère : cette putain de soif était plus forte que la peur d'être surpris par un résident ou par cet imbécile d'Urquiza. Alors il ouvrait une bière, ou, mieux encore, il buvait un bon coup directement au goulot pour commencer à sentir le soulagement chaud, cotonneux, qui enveloppait tout son corps et le protégeait des âpres arêtes du monde, puis il sortait une cigarette du paquet qu'il venait d'ouvrir et l'allumait, les yeux rivés sur le lit paresseux du Jamapa, sur les eaux marron occasionnellement striées par les premières chauve-souris de la soirée, jusqu'à ce que les battements de son cœur se calment, alors Polo pouvait tourner la tête et jeter un coup d'œil rapide vers les ruines, en partie recouvertes par des ceibas et des avocatiers sauvages, puis vérifier que les ouvertures des fenêtres étaient toujours des trous vides par lesquels aucun visage sanguinolent ne sortait, alors il lâchait un petit rire de soulagement, il prenait une nouvelle gorgée et vérifiait avec plaisir que les lumières de Progreso, de l'autre côté du fleuve, s'allumaient peu à peu, et toute l'angoisse qu'il avait éprouvée en traversant le terrain vague, toute la fatigue qui blessait ses muscles exténués, jusqu'à la poisse qui semblait accrochée à ses basques depuis la mort de son grand-père, tout se dissipait dans l'air après un bâillement profond et intense. Il s'allongeait sur la grosse branche du ficus, il fermait les yeux et respirait le parfum timide des lys, et, sans le vouloir, sans pouvoir l'éviter non plus, il tombait dans la même putain d'erreur qu'il faisait systématiquement quand il se sentait heureux, toujours la même erreur : désirer que ce moment de paix solitaire ne finisse jamais. Car bien sûr, après tout ça, le gros crétin faisait chaque fois son apparition sur le quai, soufflant comme un pachyderme à cause de l'effort que supposait la descente des marches en bois, arborant un sourire stupide qui évoquait une pub pour un dentifrice, puis c'étaient ses conneries baveuses de toujours, putain, la même litanie de niaiseries sur la façon dont il pensait baiser la dame, de gré ou de force, jusqu'au fond et sans salive, et cetera, un tissu d'âneries qui n'avaient pas de sens car inutile d'être devin pour comprendre que ça n'arriverait jamais, que c'était parfaitement ridicule et improbable qu'une femme si bien roulée accepte de prêter son cul à un gamin aussi crétin et repoussant que Franco Andrade. Même dans ses rêves les plus humides, putain ! pensait Polo, et il s'étouffait avec la fumée de sa cigarette en essayant de dissimuler son rire pendant que le gros continuait avec ses branlettes mentales, alors Polo se bourrait la gueule, avec application, car plus le gros disait de conneries, plus Polo pouvait se concentrer sur la bouteille, les choses s'étaient passées comme ça depuis le début, depuis leur première cuite, après l'anniversaire de ce gosse mal élevé, Micky, cet après-midi de juin où Polo n'en pouvait plus de Paradaïze, des habitants de la résidence et de cet imbécile d'Urquiza. Polo avait vraiment envie de tout envoyer valser, quand le gros lui avait proposé une gorgée de whisky sur le quai où il était allé pour fuir l'agitation de la fête et fumer un magnifique mégot – presque une cigarette entière, éteinte proprement, sans ces taches dégoûtantes de rouge à lèvres sur le filtre – qu'il avait ramassé par terre, et surtout éviter que madame Marián ne lui demande de secouer la corde des *piñatas* pour amuser ses stupides rejetons. Il voulait se tenir un moment loin des gens, fumer tout seul, sans se presser, mais quand il a sauté les trois dernières marches et qu'il a atterri sur l'embarcadère, la cigarette déjà allumée entre ses lèvres serrées, il est tombé sur le gros installé dans sa cachette préférée, tout juste vêtu d'un maillot de bain trop petit pour lui, ses pieds nus pendant au-dessus de l'eau et l'espace d'un instant, un moment embarrassant qui a duré plusieurs secondes, Polo a cru que ce gamin tellement massif était en train de *pleurer*, car ses épaules larges étaient secouées et ses yeux bleus – lorsqu'il les a levés pour tomber sur ceux de Polo – semblaient rouges et humides, alors Polo a failli faire demi-tour pour le laisser tranquille avec ses trucs de pédé, quand il a découvert la bouteille sur les cuisses du gamin puis le sourire malicieux qui s'est dessiné sur son visage joufflu. T'en veux ? lui a proposé le gros de sa voix aiguë. Je te donne une gorgée si tu me donnes une cigarette, a-t-il proposé, mais Polo n'a rien dit, il est juste resté à regarder la bouteille, la marque de l'étiquette qu'il avait déjà vue, il avait marché sur une bouteille identique quand il était monté dans la camionnette de Milton, la dernière fois qu'ils s'étaient vus, avant que Milton ne s'évanouisse de nouveau de leur village pour aller bosser avec *ces gens-là*. C'est le meilleur dans ce putain de monde, avait dit son cousin, son presque frère, quand Polo avait levé la bouteille, alors qu'il avait failli se fracasser le crâne. Le plus *pur* élixir, mec, avait dit Milton : la seule chose que ses patrons buvaient et dont ils commandaient des caisses qu'ils faisaient venir directement d'Angleterre ; rien à voir avec la bière et l'alcool de canne que Milton et lui buvaient dans l'arrière-boutique de doña Pacha, même si à ce stade Polo se serait parfaitement contenté du premier alcool qu'on lui aurait proposé, n'importe lequel, vraiment, il aurait même été capable de prendre quelques gorgées de *poison*, cette infâme eau-de-vie que son grand-père préparait avec de l'alcool à 96 degrés et les fruits gâtés du *nanche* qui poussait dans la cour, essentiellement parce que ça faisait déjà presque un mois qu'il n'avait pas pris une goutte d'alcool, depuis qu'il avait fait la connerie de jurer à sa mère qu'il ne se bourrerait plus jamais la gueule, ou plutôt depuis que sa mère l'avait obligé à promettre qu'il ne boirait plus d'alcool de sa vie, alors durant vingt-sept jours, il avait résisté vaillamment, surtout parce que sa mère empochait la totalité de son salaire et parce que Milton n'était toujours pas réapparu au village, de toute façon ses nouveaux horaires d'homme à tout faire et de personne responsable l'empêchaient de fréquenter l'arrière-boutique de la Pacha où il aurait pu quémander quelques gorgées de bière, même s'il n'avait pas d'argent ; mais en vérité, il n'y avait pas une journée sans que Polo ait envie de se bourrer la gueule, malgré sa promesse, et cet après-midi du début du mois de juin, pendant la fête de ce crétin de Micky Moroño, il était à bout de patience, il ne pouvait s'empêcher de penser à tout envoyer valser une bonne fois pour toutes, démissionner le jour même de ce boulot misérable et très mal payé, et par la même occasion casser la gueule à cet imbécile d'Urquiza, envoyer quelques coups de poing dans sa tronche de couillon : qui va laver ta bagnole maintenant, sale pédé ? Qui est le crétin qui va maintenant patienter pour récupérer ta poubelle, sans toucher un centime pour le temps de travail supplémentaire que ça suppose ? Une putain d'injustice, voilà ce que c'était, avoir à attendre des heures durant que les résidents et les branleurs qu'ils invitaient s'en aillent pour commencer à ramasser leurs merdes : les canettes de bière, les serviettes tachées de graisse, les assiettes en carton avec leurs reliefs de bouffe et les mégots écrasés sur le sol, quand ils ne flottaient pas dans le bleu cobalt de la piscine éclairée. Qu'est-ce que ça leur coûtait, à tous ces gens, de déposer leurs ordures dans les poubelles réparties sur la terrasse, une fois leurs fêtes terminées ? Rien, ça ne leur coûtait rien, en réalité, mais pourquoi faudrait-il qu'ils s'en donnent la peine puisque Polo était là, leur fidèle *garçon*, à les attendre dans l'obscurité avec un immense sac d'ordures à la main, s'ennuyant comme un rat mort, salivant devant l'arôme piquant de la viande grillée et à la vue des immenses bassines en aluminium remplies de glaçons et de bières, attendant que tout le monde s'en aille pour commencer à nettoyer cette porcherie. Cet imbécile d'Urquiza avait été clair à ce sujet, depuis son premier jour à ce poste de merde : le jardinier devait veiller à ce que la piscine soit toujours propre, qu'il n'y ait pas de feuilles, d'insectes ou tout autre détritus, que la terrasse soit parfaitement balayée, déblayée, que le mobilier soit à sa place dès le matin à la première heure, afin que les lève-tôt – parmi lesquels se trouvaient les grands-parents du gosse, bien sûr, de vieux pinailleurs – puissent tremper leurs chairs livides dans l'eau rafraîchie par la bise matinale, même si cela impliquait que Polo reste dans le lotissement jusqu'à onze heures du soir, voire jusqu'à minuit, les week-ends, ou jusqu'à l'heure où les joyeux fêtards en auraient ras le cul, une situation qui commençait à sérieusement lui courir sur le haricot, car s'il passait son temps à chercher des prétextes pour arriver le plus tard possible chez lui, ce qui l'emmerdait, c'était l'arrogance avec laquelle Urquiza violait le contrat que Polo avait signé quelques semaines plus tôt auprès de la Compagnie immobilière du Golfe, S. A. de C.V., et où il était clairement stipulé que les services qu'il rendrait étaient ceux qui correspondaient au poste de jardinier, ses horaires de travail allaient de sept heures du matin à six heures de l'après-midi, avec une heure de pause pour déjeuner, et toute activité en dehors de ces horaires devait être rémunérée en sus d'après la loi en vigueur, une clause dont, bien entendu, ce salaud d'Urquiza n'avait strictement rien à foutre du moment qu'il permettait à la Compagnie d'économiser quelques sous, ou peut-être pour les empocher lui-même, d'après ce que disaient les gardiens à qui il faisait souvent la même arnaque ; mais il fallait faire gaffe, autrement il perdrait son boulot, disait Cenobio, alors Polo encaissait, même si cela supposait de s'échiner toute la journée à arroser et couper le gazon, tailler les arbres et les arbustes du parc, entretenir les haies et les parterres, balayer les feuilles mortes des quatre rues pavées du lotissement, dégager à l'aide d'une pelle le sable qui s'accumulait sur les trottoirs les jours de vent, décaper puis repeindre les éclairages extérieurs attaqués par le salpêtre, tuer toute taupe qui oserait creuser des galeries dans les jardins, ramasser les crottes de chien que ces connards de résidents étaient incapables de ramasser eux-mêmes avec leurs petites mains immaculées quand ils sortaient leurs animaux, en plus de maintenir la zone de la terrasse et de la piscine en parfait état, sans oublier – et c'est ce qui énervait Polo à en cracher des glaires de bile – de laver chaque jour la voiture de ce fils de pute d'Urquiza, tout ça parce que le mec pouvait l'y obliger et parce qu'il aimait que sa Golf rouge soit resplendissante, comme si elle venait de sortir de chez le concessionnaire, disait cet imbécile. Mais que ça ne t'empêche pas de faire le reste, hein ? Lave-la quand tu auras un petit moment, c'est pas urgent du tout, d'accord ? qu'il lui disait, tout sourire, ce con, tandis qu'il lui lançait les clés pour que Polo puisse passer l'aspirateur à l'intérieur. Comme il avait envie de lui envoyer ces clés à la figure et de lui dire : lave-la toi-même, fils de ta mère, puis de sortir la machette qu'il portait à la ceinture pour lui briser d'un coup son crâne d'œuf ! Polo n'était pas une personne violente, sujette aux coups de sang, ils pouvaient poser la question à n'importe qui pour le vérifier : tout le monde répondrait que Polo était un garçon très tranquille, un gars qui n'avait d'embrouilles avec personne et qui ne se mêlait jamais des histoires des autres ; le problème, c'est qu'Urquiza abusait, c'était un profiteur qui pensait qu'il pouvait faire ce qu'il voulait avec Polo au prétexte qu'il le trouvait très jeune, encore un villageois sans instruction ni expérience, en plus il agissait comme s'il était en train de lui faire une fleur avec ces tâches qu'il lui demandait, mais Polo ne se laissait pas embobiner, il savait bien que tout ça n'était qu'une injustice infâme ; ce n'était pas des idées à lui, ni des prétextes pour faire chier, ni une envie de créer des conflits inutiles, comme l'assurait sa mère, chaque fois qu'elle l'entendait se plaindre de son boulot, ou parfois même sans que Polo dise quoi que ce soit, seulement parce qu'elle le trouvait en train de soupirer, l'air affligé, dans la cuisine, assis devant un verre d'eau où deux Alka Seltzer étaient en train de fondre, tel était le petit déjeuner de champion qui permettait à Polo de s'armer de courage pour démarrer une nouvelle journée de travaux laborieux à réaliser en plein soleil, dans cette nouvelle étape de sa vie comme salarié de la Compagnie immobilière du Golfe, où sa propre mère travaillait également depuis seize ans, d'abord comme femme de ménage dans la maison de l'ingénieur puis comme agent de service du complexe de bureaux de l'entreprise et, enfin, après d'interminables cours du soir dans le centre de Boca, comme aide-comptable. C'est pour ça qu'on te paye, le sermonnait sa mère chaque matin, pour que tu fasses ce qu'on te demande et que tu fermes ta bouche ; qu'est-ce que tu en as à faire si ce sont des conneries, c'est pour ça qu'on t'a embauché : pour que tu obéisses, pas pour que tu passes ton temps à rouspéter. Tu viens à peine de commencer et tu veux déjà qu'on te propulse patron, alors que tu sais rien faire. Tu joues au mec, au dur à cuire ? Tu aimes faire la foire, mais pour le boulot, c'est pas ça, tu devrais avoir honte. Dans cette vie, il faut mériter ce qu'on a, mon petit bonhomme, grâce à son travail, à ses efforts, et pas en levant tes petites mains chaque fois que quelque chose te déplaît. Ou est-ce que c'est de ma faute, si on t'a renvoyé du lycée ? Dis-moi, c'est moi qui t'ai obligé à sécher et à n'avoir la moyenne nulle part parce que tu faisais la bringue ? Tu as eu l'opportunité de faire des études, bien plus que j'en ai eu, moi, ou qu'en a eu ton pauvre grand-père, qu'il repose en paix, et tu as tout gâché, mon salaud, tu as tout gâché, fainéant et couillon comme tu es, mais maintenant tant pis pour toi, c'était toujours la même histoire, le même laïus que sa mère lui servait chaque matin, sans faute, même quand il ne se plaignait pas de son boulot, mais c'est qu'elle avait flairé ce relent de résignation pathétique qui émanait de Polo à la table du petit déjeuner, rien qu'à penser qu'il lui faudrait pédaler jusqu'à Paradaïze.

C'est pour ça qu'il avait été sur le point de tout envoyer valser ce samedi-là, pas seulement parce qu'il devait rester dans le lotissement jusqu'à la fin de la fête du petit morveux pour ramasser tout le merdier, mais aussi à cause d'un truc qui lui était arrivé, quelques heures avant le début de la piñata, alors que Polo se trouvait sur la terrasse, à nettoyer la surface de la piscine avec son filet pour ramasser les feuilles, pensant à tout et à rien tandis qu'un petit groupe d'employés de l'entreprise qui s'occupait du buffet allait et venait dans le jardin, installant des tables, des chaises, des tentes et même un long morceau de toile colorée qui a fini, après l'ajout d'une pompe à air, en un château gonflable imposant, un machin formidable avec des tours, des remparts, des fanions, des toboggans et même un pont-levis, une structure à la fois colossale et volatile, aérienne, qui bondissait dans l'air chaque fois que la brise du fleuve se levait, comme s'il voulait s'échapper, et Polo était tellement absorbé par les efforts des employés pour attacher le château avec des cordes et des pieux, qu'il n'a remarqué la présence de madame Marián que lorsqu'il a perçu son parfum, il s'est alors retourné et est tombé sur elle, son corps à quelques centimètres du sien, avec son visage éclatant et nu, ses lèvres maquillées de sang, comme une vampiresse, avec ses éternelles lunettes noires accrochées à une chaînette en or qui pendait entre ses seins. Elle portait un jean et avait quelque chose à la main, une petite enveloppe en papier kraft qu'elle a tendue à Polo sans un mot, son sourire impudique a grandi lorsqu'elle a vu que le jeune homme ne pouvait pas la prendre car il avait les mains occupées avec le filet, alors elle a décidé de la glisser elle-même dans la poche de sa salopette de travail, avec un petit rire idiot et un « pour la peine que tu te donnes » murmuré avec une retenue affectée, avant de lui tourner le dos et de s'éloigner avec son habituel roulement des hanches pour surveiller le travail de la bonne qu'elle venait de recruter, une petite jeune femme qui avait l'air d'une souris maigrichonne et qui précisément à cet instant s'acquittait maladroitement de la mission de parer de housses et de rubans les chaises des invités. Polo avait l'impression de connaître cette gamine, de l'avoir déjà vue, à l'école du village peut-être, mais il n'a pas osé la regarder avec trop d'insistance, il ne voulait pas que la *patronne* pense qu'il était en train de la regarder *elle*, alors il a poursuivi sa tâche comme si de rien n'était, nettoyant la piscine avec un calme feint, réprimant l'envie qu'il avait de mettre la main dans la poche de sa salopette pour toucher l'enveloppe et essayer de deviner ce qu'elle contenait, et cela jusqu'à l'heure du déjeuner, quand il a pu s'enfermer dans les toilettes minuscules de la cabane de gardiennage pour sortir la petite enveloppe, regarder son nom écrit dessus, à l'encre rouge pailletée, et contempler les deux billets de deux cents pesos qu'elle contenait, deux billets tout lisses qui craquetaient comme s'ils venaient de sortir du distributeur automatique : c'était la paye extraordinaire que cet imbécile d'Urquiza lui escamotait d'habitude en douce, il s'en plaignait dans sa barbe chaque fois qu'il devait rester jusqu'à tard pour nettoyer le merdier des fêtes ; une compensation sur laquelle il ne comptait pas et dont, par conséquent, il n'avait pas à parler à sa mère. Il pourrait dépenser tout le fric dans ce qui lui passerait par la tête : cigarettes, bien sûr, quelques bouteilles de rhum, et il lui resterait des sous pour s'acheter un peu de forfait et envoyer un message à Milton afin qu'il le rejoigne. Mais tout en faisant ces projets, tout ému à l'idée de ce qu'il pourrait faire avec ce fric inespéré, une douleur sourde a commencé à lui perforer la poitrine, et quelques instants plus tard, il était plié en deux devant les toilettes, à vomir de la bile avec les spasmes d'une toux irrépressible, rien qu'à se souvenir du visage de cette femme stupide glissant l'enveloppe dans la poche de sa salopette, et du sourire que, tel un crétin décérébré, il s'était senti obligé de lui rendre, sans penser à ce qu'il était en train de faire, sans réussir à éviter que les muscles de son visage se crispent bien qu'il détestât au plus haut point les airs de grande dame de cette pute, le toupet avec lequel elle l'avait touché, car, putain, c'était mille fois plus facile de se retenir de l'envie de regarder son cul quand elle sortait pour courir en mini-short dans le lotissement que de résister au réflexe de lui rendre son sourire lorsqu'elle vous souriait, c'est qu'elle était à ce point magnétique, enjôleuse ; et ils en conviendraient immédiatement, s'ils l'avaient connue personnellement et avaient eu affaire à ses manigances serviles. Putain, mais pourquoi ne lui avait-il pas rendu immédiatement l'enveloppe, en lui disant, avec tout le mépris dont il était capable : *je n'ai pas besoin de cette aumône, merci beaucoup* ? Pourquoi ne lui avait-il pas envoyé l'enveloppe en pleine figure après lui avoir lancé qu'elle n'était qu'une traînée, une femme entretenue qui se croyait très respectable au prétexte qu'elle offrait l'argent que son mari avait de trop ? Et pourquoi ne lui avait-elle pas donné les billets en main propre, comme les gens normaux ? Craignait-elle de se salir avec la crasse de Polo, d'être contaminée au contact de sa vulgarité et de sa pauvreté ? Croyait-elle, cette salope, que maintenant elle l'avait dans sa poche, elle aurait le droit d'exiger de lui ce qu'elle voudrait et de l'humilier comme Urquiza le faisait, lui demander de laver sa camionnette blanche, ou la voiture de sport de son mari ? Elle se prenait pour qui, putain ? Sûrement pour la reine du monde, à en juger par son aspect cet après-midi-là, quand, au moment précis où la fête devait commencer, elle est apparue dans une robe rouge avec des motifs bleus et verts et des boucles avec des diamants qui étincelaient à ses oreilles quand elle écartait les cheveux châtains de son cou. Durant tout l'après-midi, Polo s'est efforcé de l'ignorer, mais c'était comme si quelque chose la mettait devant lui à chaque instant ; où qu'il se tourne, cette salope était là, distribuant des bisous et des marques d'affection au milieu de hordes d'enfants courant en maillot de bain et de femmes vêtues avec des tissus imprimés d'inspiration tropicale, aussi maquillées et sveltes que celle qui les recevait, avec des cheveux lisses et inertes, des cheveux apprêtés et morts comme le sont les perruques, avec des maris tout aussi ridicules, portant des polos roses et des chemises couleur pastel, des pantalons larges et des mocassins marron, bronzés par le golf, la barbe et les sourcils soigneusement taillés, une nuée de voix affectées et de glaçons qui tintaient autour du petit et vaniteux Maroño qui allait passer tout le temps que durerait la fête à prendre des photos et à parler politique et affaires dans la langue emberlificotée des fanfarons professionnels, devant un public obséquieux qui ne manquait pas de descendre verre après verre son meilleur whisky importé, ni de lancer des regards furtifs au superbe cul de la maîtresse de maison, tandis que ses rejetons piaillaient et sautaient comme des énergumènes entre les murs bringuebalants du château gonflable, qu'ils couraient pour plonger dans la piscine, en poussant des cris de plaisir suicidaire, des cris à peine audibles sous le fracas de la musique qui sortait des haut-parleurs installés sur la terrasse. Puis à un moment, vers six heures de l'après-midi, Polo, franchement, n'a plus supporté : tout ce bruit, tous ces gens, ses propres tripes marinant dans le jus de sa rage, les hurlements délirants de celui qui fêtait son anniversaire couché à plat ventre sur l'herbe, trépignant, en larmes, car l'heure était venue de casser les piñatas, mais le gamin voulait que *personne* n'y touche car elles étaient *à lui*, alors au milieu de cette confusion, et avant que la dame n'ait l'idée de lui assigner la tâche indigne de secouer les piñatas comme un idiot, Polo en a profité pour s'éclipser et disparaître derrière une barrière qu'Urquiza lui avait demandé d'installer le matin même devant les marches qui conduisaient au quai, car il ne fallait pas qu'un gamin curieux descende jusqu'au fleuve pour tomber dans les eaux du Jamapa, que tous, dans ce lotissement, pensaient dangereuses, infestées de bactéries, de parasites et de puits menaçants où leurs magnifiques rejetons pourraient disparaître, noyés. Ce n'était que des conneries, mais du coup Polo en profitait pour descendre là de temps en temps afin de jouir de quelques moments de solitude assis sur le petit quai qui avait l'air d'être une simple maquette – c'était davantage un caprice décoratif de l'architecte qui avait conçu la résidence qu'un véritable embarcadère – pour regarder les eaux vert-de-gris du courant, et parfois pour fumer une petite clope en paix, comme cet après-midi de l'anniversaire de Micky, quand il a descendu les escaliers en faisant deux sauts, le mégot déjà allumé entre ses lèvres, et qu'il s'est retrouvé devant le gros avec ses petites boucles blondes, assis en maillot de bain sur le quai, torse nu, les pieds pendant au-dessus de l'eau, la tête baissée, et, l'espace d'un instant, dans la pénombre de ce coucher de soleil finissant, dans la verdure pérenne qui les entourait, Polo avait pensé que le gros était en train de pleurer, sûrement à cause des humiliations endurées durant la fête, et dont Polo lui-même avait été le témoin avec un plaisir malsain car, même sans le connaître personnellement, il faut avouer que Franco Andrade ne lui était pas sympathique du tout ; il avait vraiment trouvé amusant de voir comment ce petit pédé d'Andy et la tripotée de filles pubères et belliqueuses que le gosse avait sous sa coupe avaient passé leur temps à emmerder le gros, durant toute la fête, en lui lançant violemment des amandes, surtout sur la tête et sur le visage, ces fruits verts et durs que les gamines arrachaient des branches basses des amandiers du parc, l'attaque avait duré plusieurs heures et aucun des adultes présents n'avait fait quoi que ce soit pour l'arrêter, peut-être parce qu'ils étaient trop occupés à s'envoyer le whisky et le vin blanc des Maroño en racontant des niaiseries, ou peut-être parce que eux-mêmes trouvaient le gros ridicule et insupportable, au fond, et qu'ils auraient préféré qu'il s'en aille avec ses bourrelets, ses points noirs purulents et ses seins tristes d'enfant obèse qui se balançaient de manière obscène chaque fois qu'il bougeait. C'est peut-être pour cette raison qu'on n'avait fait que soupirer, l'air soulagé, quand Franco Andrade avait fini par disparaître en pleine fête, après avoir volé une des bouteilles de whisky du prétentieux Maroño, c'est du moins ce que le gamin avait raconté à Polo ; qui pouvait savoir si c'était vrai ou faux, avec le gros on ne pouvait être sûr de rien, ce salaud était mythomane et il adorait s'inventer les histoires les plus invraisemblables, mais le whisky par chance était réel, et il le lui offrait avec un sourire rusé aux dents parfaites, en échange d'une cigarette que Polo n'avait pas, mais ça n'allait pas l'empêcher de goûter ce breuvage que, même à deux mètres de distance, il parvenait à humer : une odeur de copeaux de bois fin imprégnés d'eau salée, l'alcool était aussi intense que ça et il avait foutrement envie d'en boire une gorgée, alors au lieu de faire demi-tour, il s'est approché du baleineau et lui a offert sa cigarette allumée. C'est la dernière que j'ai, lui a-t-il dit, les yeux rivés sur la bouteille qui se trouvait sur les genoux du garçon. Le gros s'est hâté de fumer la cigarette, puis il a jeté le mégot dans le fleuve d'une chiquenaude, bien qu'il y eût encore du tabac. Fils de pute, a pensé Polo, tandis qu'il attendait que ce gros de merde porte de nouveau la bouteille à sa bouche pour boire longuement. C'est du whisky importé, c'est ce qu'il lui a dit après avoir lâché une exhalaison de plaisir et avoir essuyé ses lèvres du revers de la main, pour finalement daigner tendre la bouteille à Polo, qui a bu même s'il ne faisait pas du tout confiance au gros, et malgré la promesse faite à sa mère de ne pas suivre le chemin du vice qui avait perdu son grand-père, et il a bu jusqu'à sentir cette chaude tranquillité que l'alcool coulant dans ses membres lui procurait, puis ils se sont passé la bouteille jusqu'à la vider complètement, et c'est cette fois-là que le gros lui a parlé de madame Marián pour la première fois ; de la branlette mentale à imaginer qu'un jour il pourrait posséder cette femme ; ça la travaillait déjà, à ce qu'il disait, la femme l'appréciait et l'estimait, c'était évident, elle avait pour lui une affection et un respect qui étaient manifestes dans les sourires qu'elle lui adressait quand elle lui disait bonjour ou au revoir, elle cherchait toujours des prétextes pour le toucher, pour l'embrasser sur la joue, c'était de toute évidence le signe que la dame s'intéressait à lui, pas vrai ? Qu'il ne lui était pas tout à fait indifférent, et un de ces jours les choses allaient changer entre eux, hein ? Ces illusions ont drôlement amusé Polo ; juré, il n'a jamais pensé que le gars pouvait parler sérieusement. S'était-il observé dans un miroir ? Il pensait vraiment qu'une femme comme madame Maroño allait tromper son mari millionnaire avec un gamin gros, tout luisant, truffé de points noirs dégoûtants ? Ce couillon n'était même pas capable de regarder cette femme dans les yeux, Polo s'en était aperçu durant la fête. Il la contemplait de loin, parfois avec les yeux d'un violeur pervers, parfois avec l'air vulnérable d'un agneau égorgé. C'est comme ça qu'il pensait la séduire ? Même si cette femme lui ouvrait la porte à poil, comme dans ses fantasmes, même si elle le suppliait de lui enfoncer sa bite, même comme ça, il ne saurait pas par où commencer, ce con, non seulement parce que c'était évident que de toute sa vie, il ne s'était jamais retrouvé devant la fente visqueuse d'une femme bien disposée, mais parce qu'il lui manquait les couilles nécessaires pour approcher les femelles et les dompter, les soumettre, leur écarter les jambes ; les couilles nécessaires pour prendre les choses en main et ne pas passer toute sa vie à baver et soupirer comme un con, comme le gamin trouillard et branleur qu'il était. C'est pour ça que Polo entrait dans son jeu, qu'il acquiesçait à chaque mot du morveux, même si c'était absurde ou totalement farfelu ; comment aurait-il pu savoir ce que ce gamin déjanté était capable de faire pour s'envoyer cette femme ? Qui pouvait imaginer qu'il parlait sérieusement ?

C'est comme ça que tout a commencé, voilà ce qu'il leur dirait. Avec cette nouvelle cuite enfiévrée quelques jours plus tard, grâce à l'argent que le gros piquait à ses grands-parents et avec lequel Polo achetait de l'alcool, des cigarettes et ces affreux biscuits apéritifs recouverts d'une poudre orange et dont ce porc raffolait. Très vite, c'est devenu une habitude : l'attente impatiente après le déjeuner, la recherche du billet entre les haies, l'épicerie remplie d'ouvriers qui faisaient une halte pour se rafraîchir avant de retourner à la Boca ou dans leur village, la traversée angoissée du terrain de la grande maison, leur rendez-vous à la tombée de la nuit, sur l'embarcadère, l'orgie d'alcool et de clopes, les conneries que racontait Franco Andrade, les rires condescendants de Polo, la torpeur progressive provoquée par la boisson, qui n'était jamais aussi forte que Polo l'aurait voulu, à peine suffisante pour embrouiller les pensées et dépouiller le monde de ses arêtes les plus aiguës. C'est pour ça qu'il buvait si vite, comme s'il faisait la course avec le gros, jusqu'à ce que la bouteille ou les bières et les cigarettes soient finies et qu'il n'y ait plus moyen d'éloigner les moustiques affamés, que les lumières de Progreso, de l'autre côté du fleuve, commencent à s'éteindre, Polo était alors suffisamment éméché pour oser pénétrer de nouveau dans l'obscurité presque totale des broussailles et marcher près de la grande maison murmurante, poussant son vélo par le guidon et chantant tout bas, les dents serrés, *voy a llenarte toda, toda*, n'importe quel air qu'il avait entendu sur la radio de Cenobio, *lentamente y poco a poco*, peu importait que la chanson soit kitsch et absurde, *con mis besos*, le but était de ne pas penser à la Comtesse Sanglante qui avait fait construire ce palais solitaire dans les mangroves de l'estuaire et dont la silhouette ensanglantée effrayait encore les imprudents qui osaient rôder dans le secteur, d'après les vieilles cancanières de Progreso, dont sa mère, bien sûr, jusqu'à ce qu'il parvienne dans la rue déserte, alors, juché sur son vélo, il descendait rapidement la côte qui conduisait jusqu'à la route sans avoir à pédaler ne serait-ce qu'une fois, puis il l'atteignait, transpirant copieusement en raison de la chaleur du petit matin et de l'effort qu'il faisait pour ne pas quitter son couloir, pour ne pas laisser son maudit guidon le précipiter contre les phares des rares voitures qui circulaient sur la route. Parce que la quantité ou la vitesse à laquelle il avait bu sur le quai n'avait aucune importance, ça ne suffisait jamais à l'abattre complètement et à lui faire perdre connaissance, à envoyer valser le monde entier, à se déconnecter de tout, à se libérer, et très vite, trop vite, le précieux étourdissement qu'il avait eu tant de mal à atteindre s'évanouissait en une migraine qui battait dans sa tête et devenait plus aiguë encore chaque fois que Polo réalisait que moins de cinq heures plus tard, il lui faudrait pédaler sur cette même route, prêt à commencer une nouvelle journée de travail dans cet ignoble lotissement. C'est pour cette raison que, chaque fois qu'il traversait le pont au-dessus du fleuve, il s'arrêtait quelques minutes pour regarder les eaux saumâtres qui serpentaient entre les prairies, les villas luxueuses et les petites îles peuplées de saules et de palmiers ébouriffés, à peine visibles sur la toile couleur saumon de la nuit illuminée dans le port, là-bas, au loin, et il se mettait à penser au bateau que lui et son grand-père auraient dû construire quand ils avaient encore le temps de le faire, un modeste esquif, rien d'extraordinaire, avec une paire de rames puissantes ou peut-être rien qu'une simple perche grâce à laquelle ils auraient sondé le fond boueux du fleuve jusqu'à arriver au centre de l'estuaire, où pullulaient les poissons mulets qui descendaient des montagnes et les bars, qui, eux, remontaient pour déposer leurs œufs à l'embouchure du fleuve, c'est du moins ce que le grand-père avait l'habitude de dire avant de crever misérablement. S'il avait eu le bateau, pensait-il, il n'aurait pas à faire ce périple exténuant à vélo pour aller de Paradaïze à Progreso et vice versa, ou, encore mieux, si son grand-père avait tenu sa promesse de lui apprendre à construire un bateau, s'il avait pris au sérieux ce rêve qu'il caressait souvent lorsqu'ils pêchaient ensemble sur le pont, Polo n'aurait même pas à retourner dans ce foutu lotissement, ni à supporter les offenses de cette tantouze d'Urquiza : il pourrait se consacrer à pêcher sur son bateau, ou à promener des touristes sur la lagune, ou simplement à remonter le fleuve sans avoir une destination précise, sans projets ni engagements, accostant les villages du bassin chaque fois qu'il en aurait envie pour les quitter avec la même liberté, sans que personne puisse l'en empêcher ; il n'aurait pas besoin de faire de ridicules promesses d'abstinence, ni de supporter des réprimandes injustes, humiliantes, il n'aurait pas à dormir par terre dans le salon ni à se réveiller au lever du jour avec la petite musique casse-couilles du réveil de sa mère, ni à passer toute la journée à arroser le même gazon de mes deux que quelques jours plus tard il lui faudrait encore tondre, ni à pédaler en remontant la côte entre les très hautes barrières, couronnées par des fils barbelés, qu'il y avait autour des résidences luxueuses, zigzaguant sur le bas-côté recouvert de gravillons, aveuglé par les lumières des voitures qui semblaient se jeter sur lui. Le seul avantage qu'il y avait à rentrer chez lui au petit matin – en plus de s'épargner les réprimandes de sa mère et la tête de cul de Zorayda –, c'était que la route était presque déserte et qu'il pouvait la traverser à vélo sans avoir à attendre une demi-heure que l'intensité du trafic diminue. Il pouvait en plus profiter de l'impulsion de la descente pour s'engouffrer dans la première brèche qui s'ouvrait dans l'épaisseur et prendre le raccourci qui le menait directement jusqu'à chez lui sans avoir à passer par le centre de Progreso, emprunter ce chemin de terre qui à cette heure de la nuit semblait plutôt être un petit bosquet d'obscurité vivante et retentissante, un tunnel de gazouillis et de bruits agoniques émis par les cigales et les énormes crapauds cachés dans l'herbe. Polo s'y engouffrait sans réfléchir ni ralentir, étourdi par la soif et la migraine, les yeux mi-clos en raison de la transpiration et des insectes qui battaient des ailes tout contre son visage, pédalant avec la rage et l'abandon d'un ivrogne, s'en remettant à la mémoire de ses muscles qui semblaient encore se souvenir des endroits où la brèche se réduisait ou était déformée par les racines des arbres, après tant d'années à aller et venir plusieurs fois par jour par ce tunnel de lianes, de fougères et de feuilles mortes en décomposition, formant des espèces de flaques qui sentaient la tombe d'un mort tout frais ; quand il était gamin, c'était pour aller à l'école de l'autre côté du fleuve, plus tard pour prendre le bus pour se rendre à Boca, et maintenant pour pédaler jusqu'au lotissement très sélect de Paradaïze, depuis ce jour maudit où sa mère l'avait traîné dans les bureaux de la Compagnie immobilière du Golfe, pour qu'il inscrive son nom complet sur le contrat que cet imbécile d'Urquiza avait mis sous son nez, et où il était stipulé que désormais Leopoldo García Chaparro serait le jardinier de l'ensemble résidentiel Paradise. *Paradaïze*, l'avait corrigé Urquiza, avec un petit sourire moqueur, la deuxième fois que Polo avait essayé de prononcer ce nom de gringos. On dit *Paradaïze*, et non pas *Paradise* ; allez, répète, *Paradaïze*. Et le nouvel employé avait eu envie de lui répondre : *Paradaïze*, je t'emmerde, putain de tantouze, mais il n'avait pas osé dire quoi que ce soit avec sa mère juste à côté qui insistait pour qu'il signe enfin, jugeant tout de ses yeux vifs, jaunes, des yeux de quiscale affamé, des yeux à l'affût : signe une bonne fois pour toutes, avait-elle dit à son fils, en voyant qu'il essayait de feuilleter le contrat pour voir ce qu'il disait ; signe d'abord, tu liras après, faut pas que tu fasses perdre son temps au responsable. Et Polo n'a pu que signer cette saloperie, avec l'impression d'avoir vendu son âme au diable, une sensation qui s'est accrue quand il a vu à quel point sa mère était contente de le voir transformé en laquais de ces gens prétentieux et misérables, car il était temps que Polo réagisse et qu'il cesse de se gratter le cul, sans rien faire de productif et sans apporter un seul centime à la maison depuis la connerie qu'il avait faite – car il n'y avait pas d'autre mot pour parler de ce qu'il avait fait – de ne pas valider les six matières du premier semestre du lycée, et tout ça parce qu'il avait séché les cours, jetant par-dessus bord les sacrifices de sa mère durant des années pour que ce crétin indolent bénéficie d'une opportunité qu'elle, elle n'avait jamais eue. Alors maintenant, tant pis pour lui, il allait s'échiner pour sa famille, et cesser d'être un couillon irresponsable. Les choses étaient drôlement mal engagées, et avec le faux pas de sa cousine Zorayda, quelques mois plus tard ils seraient plus à l'étroit que jamais, et encore, à condition que le village ne parte pas en couilles avant. Heureusement que l'ingénieur Hernández lui avait offert *l'opportunité* de travailler dans un de ses lotissements, car Progreso était en train de se transformer en un nid de racailles et Polo courait le risque de finir comme son cousin Milton, cette canaille qui l'avait initié au vice. Qu'est-ce qui le poussait à se bourrer la gueule ? Pourquoi ne se regardait-il pas dans le miroir de son grand-père ? Son pauvre grand-père, qui depuis son plus jeune âge avait dû s'échiner pour s'en sortir, pour les tirer tous d'affaire, sans l'aide de qui que ce soit, à la force du poignet, bossant nuit et jour, sans relâche, sans chercher des prétextes à la con, sans pleurnicher ni jouer les malades pour ne pas avoir à se lever, hein, mais tu te prends pour qui ? Tu te prends pour qui, bordel ?

Sa mère le réveillait tous les matins avec ce petit refrain, avant même que le soleil n'apparaisse aux fenêtres, quand le coq du voisin s'éclaircissait tout juste la voix pour entrer en concurrence avec l'odieuse petite musique, faussement gaie, du réveil de sa mère. Polo remuait, tout gémissant, sur le sol, sur sa paillasse trempée de sueur, la bouche sèche, les yeux collés, tout chassieux, et les tempes martelées par cette migraine qui ne le laissait plus en paix, quel que soit le nombre d'Alka Seltzer qu'il ingurgitait dans la journée. Il essayait de se lever le plus vite possible, il s'efforçait d'éviter les sermons de sa mère, mais elle le surprenait toujours quand il était encore allongé par terre, luttant pour vaincre la fatigue, alors elle commençait à crier : Est-ce qu'il n'avait pas honte ? Débarquer au petit matin et entrer comme un cambrioleur, dans sa propre maison, et tout ça pour picoler. Ne mens pas, morveux, ne mens pas à ta mère ! Puisque ça sent jusqu'ici, ivrogne ! On est tout juste mercredi et tu t'es déjà bourré la gueule, regarde un peu ta tête. Tu te prends pour qui, Leopoldo ? Tu te prends pour qui, petit con ?

Polo se posait cette même question, tous les jours, chaque matin, avec un bout de pain et une tasse de café tiède dans le ventre, si ça passait et qu'il parvenait à atteindre le pont sans tout vomir, dans son bleu de travail qui avait été lavé mais qui était encore couvert de taches à cause des mains maladroites de Zorayda, le visage trempé par la sueur et l'humidité du vent salé contre lequel il devait pédaler pour aller à Paradaïze. Qui était-il, réellement ? Un fils de pétasse, voilà ce que sa mère disait toujours. Le fils unique de la pétasse, *la bénédiction* de la boniche dont on se moquait mais qui avait su gravir les échelons. Il avait les mêmes grosses lèvres qu'elle, les mêmes yeux couleur noisette, les mêmes cheveux rêches qui prenaient des couleurs cuivrées au soleil, ct maintenant il était également au *service* de la même famille d'exploiteurs. Le *garçon*, comme l'appelaient les résidents, voilà ce qu'il était. Celui qui coupait l'herbe, qui taillait les branches, qui ramassait la merde, celui qui lavait les bagnoles des autres, le couillon qui arrivait en courant quand ces trous du cul le sifflaient : le larbin. Comment en était-il arrivé là ? voilà ce qu'il se demandait, mais il n'avait pas de réponse. Et comment allait-il se tirer de là ?

Il n'en avait aucune idée. Il n'avait rien, il ne possédait rien pour lui-même. Même l'argent de son salaire, c'était sa mère qui le récupérait, intégralement ; elle en avait décidé ainsi : Polo le lui devait, pour expier la grosse connerie qu'il avait faite, l'opportunité qu'il avait gâchée avec sa paresse, sa fainéantise. Elle avait décidé qu'il devait se tuer à la tâche sous les ordres incongrus d'Urquiza, dormir par terre comme un misérable animal de compagnie, tandis que l'argent qu'il gagnait servait à payer les innombrables dettes de sa mère et à alimenter l'enfant qui poussait dans l'horrible ventre de Zorayda, et cette feignasse qui passait son temps dans le fauteuil à bascule, à regarder des dessins animés avec le ventilateur allumé, bien sûr, au lieu de s'occuper de la maison et de préparer le repas, comme ils en étaient convenus. Il avait essayé de discuter avec sa mère, dès le début, de lui faire réaliser à quel point tout cela était injuste : d'abord, il n'y était pour rien si sa cousine était une cochonne qui n'arrivait pas à rester les jambes fermées. Pourquoi devait-il lui céder son lit et dormir par terre, à même le ciment, avec une simple paillasse sous lui et une vieille blouse en guise d'oreiller ? Pourquoi ne l'envoyaient-ils pas bouler, cette conne de Zorayda ? Puisqu'elle n'était qu'un boulet, une profiteuse, une hypocrite, une mijaurée, une peste qui n'avait pas honte de se balader dans le village avec son ventre de grosse vache, comme si c'était marrant, cet enfant qui pouvait être celui de n'importe qui, vraiment ; si la mère de Polo entendait les choses qu'on disait d'elle, comment cette allumeuse passait son temps à rire avec les chauffeurs de bus, avec les livreurs qui débarquaient le mardi dans la boutique de doña Pacha, les employés et représentants qui passaient au village sur la route de Paso del Toro, même avec les jeunes gens qui distribuaient des tortillas sur leur motocyclette, avec tous ces gars, elle avait roulé sur les cartons crasseux des camions ou dans le siège arrière des voitures des vendeurs, ou juste comme ça, debout, telle une chienne en chaleur derrière les baraques et les enclos, là où ça la prenait. Alors pourquoi sa mère ne laissait-elle pas cette pute se démerder, puisqu'elle l'avait cherché ? Pourquoi ne la renvoyait-elle pas à Mina avec ses tantes, pour que ce soit elles qui assument les conséquences de sa connerie ? Mais sa mère ne voulait jamais l'écouter ; elle prenait l'air fâché quand Polo abordait le sujet, mettre sa cousine à la porte, et elle montait sur ses grands chevaux lorsqu'il suggérait que cette pétasse n'avait peut-être même pas envie d'être mère, qu'elle aurait sans doute été disposée à arracher ce truc de son bide si la mère de Polo ne l'avait pas choyée comme une princesse, alors que Polo se cassait le dos, transpirait et peinait par terre, sans que sa mère daigne ne serait-ce que lui trouver un simple lit de camp pour reposer son corps fatigué.

C'est pour ça qu'il se jetait tête la première chaque fois qu'il avait la moindre occasion, même s'il devait le faire en compagnie du gros ignoble, et même si le lendemain il avait mal au crâne une bonne partie de la journée, et qu'il était barbouillé. *Il fallait* qu'il le fasse, *il fallait* qu'il se bourre la gueule, et tout ça à cause d'elles, pour pouvoir retourner à Progreso au petit matin, quand dans les rues de son village il n'y avait déjà que les espions de pacotille de *ces gens-là*, plus un ou deux oiseaux de nuit, ça faisait plusieurs heures déjà que sa mère et Zorayda dormaient, alors Polo n'avait pas à les voir, ni à les écouter, ni à supporter leur présence irritante. Il entrait par la cuisine, pour ne pas faire de bruit, il se déshabillait en silence et s'allongeait sur la surface rêche de la paillasse, au milieu de la pièce plongée dans l'ombre, insupportablement chauffée par le soleil qui tapait toute la journée sur le toit en tôle, alors il fermait les yeux et se couvrait le visage avec un bras puis il pensait au fleuve noir sous le pont, à son débit irrépressible, fétide et envoûtant, et à la brise fraîche qui emportait avec elle l'humble et subtil parfum des îles flottantes de lys, puis soudain le vertige de la cuite, le sol qui oscillait à cause des coups qu'il avait bus, devenait le doux balancement du fleuve chantant sous son corps, le courant toujours changeant, toujours oublieux des eaux sombres, descendant jusqu'à la mer dans le bateau que son grand-père et lui auraient pu construire si le vieux n'était pas mort avant, une embarcation modeste et étroite, mais assez grande pour que Polo puisse s'y allonger et regarder le ciel filer entre les amas de branches et les chèvrefeuilles, le bourdonnement de milliers de grillons noirs et les cris mélodieux des bestioles qui forniquaient et se bouffaient les unes les autres, des cris étouffés par la voix péremptoire du fleuve, son chant froid, infatigable, plus sonore encore la nuit qu'à n'importe quelle autre heure de la journée, c'était du moins ce que son grand-père lui racontait quand ils pêchaient au petit matin sous le pont, les bottes en caoutchouc enfoncées jusqu'aux chevilles dans la boue épaisse jonchée de morceaux de verre brisé, d'os effilés, de boîtes de conserve rouillées, le regard rivé sur la ligne oblique clouée au centre du miroir embué qu'était l'eau du marigot à cette heure du matin ; gris et argenté au centre, vert et intense sur les bords où la végétation envahissait tout, impitoyable, s'asphyxiant elle-même en une orgie de tentacules grimpants et de filets serrés de lianes et d'épines et de fleurs qui transformaient les jeunes arbres en momies vertes éclaboussées de daturas et de campanules bleues, surtout au début du mois de juin, quand la saison des pluies démarrait par des averses isolées et soudaines qui ne faisaient qu'accentuer la chaleur étouffante de l'après-midi et alimenter la pousse des herbes exaspérantes qui semblaient surgir de toutes parts : des buissons et des lianes et des lierres avec des tiges aussi grosses que des troncs, vertes et luxuriantes au bord des chemins, ou au centre même des fiers jardins de Paradaïze, résultat des spores clandestines qui parvenaient à se frayer un chemin entre les brins raffinés du gazon anglais de la pelouse, qui du jour au lendemain ouvraient leurs feuilles magnifiques, mais rustiques et ordinaires, et que Polo devait éliminer à coups de machette, car ni la tondeuse asthmatique du lotissement ni la débroussailleuse à fil ne pouvaient venir à bout de ces broussailles bâtardes qui envahissaient les haies et les terre-pleins, s'acharnant sur les bégonias et les roses de Chine.

Polo aimait couper les mauvaises herbes à la machette, la sensation de la porter accrochée à sa ceinture tandis qu'il marchait dans les rues pavées du lotissement ; il adorait frapper avec sa machette les herbes géantes qui le menaçaient, avec leurs épines qui avaient l'air de cornes et leurs feuilles velues et irritantes, des plantes monstrueuses qui lui faisaient penser à des envahisseurs extraterrestres déguisés en plantes ingénues mais capables d'ensevelir la résidence, le rivage, et peut-être même toute la côte sous un manteau de verdure asphyxiante. Parfois, quand Urquiza l'envoyait tailler les bordures qui délimitaient le lotissement, quand il était sûr que personne ne pouvait le voir ni l'entendre ni se moquer de ses jeux, il s'engageait contre l'herbe dans une tuerie cruelle, il sautait, poussait des cris et envoyait même des coups de pied aériens quand il sentait que les broussailles voulaient lui tendre une embuscade, il frappait avec sa machette jusqu'à ce qu'il ne reste rien autour de lui, hormis un tapis de feuilles cassées et de cannes fendues se vidant de leur sang comme les victimes sur un champ de bataille, et Polo avait l'impression, quand il regardait fixement les herbes mutilées, tout haletant encore par l'effort, alors que la sueur lui faisait des chatouilles sur le visage, qu'il pouvait voir quelque chose qui remuait dans les feuilles brisées : les extrémités des lianes étendaient leurs tendres rejetons, momentanément vaincus mais pas totalement, car leur inflexible volonté de croître encore et de se propager n'était pas éteinte, ils conspiraient déjà dans une langue faite de craquements, attendant que vienne le moment de leur vengeance. Mais cette idée ne durait que quelques secondes, le léger mouvement des feuilles était sans doute dû à la brise qui montait du fleuve par petites rafales, à l'épuisement de Polo et à la cruauté avec laquelle le soleil, impitoyable, s'abattait sur sa nuque, alors il cherchait la protection d'une ombre, il enlevait sa casquette pour s'en servir comme éventail devant son visage écarlate, et quand il recouvrait enfin son souffle, il se mettait debout et poursuivait l'extermination féroce, jusqu'au moment où il parvenait enfin à neutraliser l'avancée des envahisseurs, ou jusqu'à ce qu'une averse survienne, l'obligeant à trouver refuge dans la cabane de gardiennage, occupée durant la journée par le gardien le plus vieux du lotissement, un type aux moustaches tombantes, poivre et sel, ayant des airs de chien docile, et qui s'appelait Cenobio ; Polo et lui alternaient, sortant sous la pluie pour lever la barrière quand des visiteurs entraient ou quittaient la résidence. Contrairement à Rosalío, l'autre gardien, plus jeune et effronté, Cenobio n'aimait pas parler, sa radio était toujours allumée sur une station où l'on passait de la musique romantique et parfois, lorsque l'orage s'abattait de toute sa force, en tambourinant tapageusement sur le toit en plastique de la cabane, il ouvrait la porte, prenait son paquet de cigarettes sans filtre et en offrait une à Polo, puis il montait le volume du poste de radio et tous deux restaient debout près de la porte ouverte à regarder le spectacle du déluge. C'était presque agréable, cette fraîcheur soudaine qui tempérait la chaleur de la mi-journée, le lointain fracas de la foudre tombant sur les vagues de la mer toute proche, et surtout ne pas être obligé de faire quoi que ce soit, ni arroser la maudite pelouse, ni passer la tondeuse, ni peindre des poteaux, ni traquer les musaraignes et les taupes, ni laver la voiture de cet imbécile d'Urquiza, ni ramasser les merdes des chiens du lotissement, car la pluie se chargeait de liquéfier les crottes fraîches jusqu'à les faire disparaître dans l'herbe. Quand la pluie tombait durant toute la journée, il y avait des fois où, à dix-huit heures précises, Polo descendait déjà sur son vélo la côte qui menait à la route, car Urquiza ne savait plus quel boulot lui confier, en plus le gros avait disparu depuis la deuxième semaine de juin, il n'apparaissait même plus à la fenêtre de sa chambre pour lui faire signe, bien que Polo fût sûr que ce couillon n'était pas parti en vacances contrairement à beaucoup d'autres habitants de la résidence, car de temps en temps il entendait ses cris aigus lorsqu'il se disputait avec ses grands-parents, tandis que Polo taillait les isoras du jardin qui se trouvait devant leur maison ; il était sans doute malade, ou peut-être seulement déprimé et inconsolable car les Maroño étaient partis aux Caraïbes et ne lui avaient pas demandé de venir avec eux, contrairement à ce que le gros avait imaginé, perdant ainsi la magnifique occasion de voir madame Marián essayant des bikinis et des paréos, plus bronzée et plus sexy que jamais, alors Polo ne pouvait qu'occuper ses après-midi à faire de longues promenades sur les chemins boueux du village, à la recherche d'une connaissance, quelqu'un à qui taper une clope, une bière, pour avoir une conversation banale sur la chaleur et les averses, n'importe quoi pour ne pas avoir à retourner chez lui de sitôt ; mais la plupart du temps Polo errait en vain et finissait assis sur un tronc pâle dans la cour de la maison de Milton, à jeter des pierres dans le fleuve et à penser à ce qu'il pourrait bien faire, car apparemment il n'avait plus d'amis à Progreso, pas même des connaissances, on aurait dit que toutes les personnes de son âge et celles de l'âge de Milton étaient parties à Boca pour toujours, ou qu'ils avaient fui à cause de *ces gens-là*, du coup les seuls qui restaient à Progreso étaient des gamins, des gars plus jeunes que Polo, ou des femmes ringardes qui n'avaient rien à faire, et dont il était impossible d'obtenir quoi que ce soit : les gamins, parce qu'ils travaillaient tous pour *ces gens-là* et qu'ils se prenaient pour de gros durs avec leurs radios, leurs sacs de coke coupée aux laxatifs et leur motos à la con, s'appelant eux-mêmes faucons alors qu'ils n'étaient même pas des pigeons, et les filles ringardes, elles avaient toutes le ventre mou à force de pondre des marmots, car apparemment la seule chose qui leur importait dans la vie, c'était de cracher plus de gosses encore et de bavasser toute la journée, assises devant chez elles, d'où elles pouvaient regarder ce qui se passait dans la rue et envoyer des bisous coquets à la première bite qui passait. Polo regrettait l'époque où, en sortant du lycée – parfois sans y avoir mis les pieds – il allait chez Milton ou dans la boutique de doña Pacha, alors son cousin, son presque frère, payait des bières et des cigarettes, car Milton était plus grand que lui, il avait déjà un boulot, de l'argent à dépenser et des trucs à raconter, des aventures qu'il vivait en compagnie de son beau-frère, le propriétaire de la décharge qui était aux abords de Progreso, et il se rendait tout le temps à la frontière sud à bord de bagnoles volées qu'ils achetaient pour une bouchée de pain aux bandes du centre puis qu'ils bricolaient eux-mêmes pour les vendre comme voitures d'occasion aux habitants des villages paumés du Chiapas ou aux mafieux guatémaltèques. C'est pour ça que, souvent, fatigué de traîner comme un con au village, Polo pédalait jusque chez Milton, il sautait par-dessus la palissade sans que les pigeons le voient, avec l'espoir de trouver des signes du retour de Milton et de son passage dans les lieux, un peu aussi pour voir s'il n'avait pas laissé à portée de main quelque chose que Polo aurait pu emporter et vendre pour se faire quelques sous et s'acheter ne serait-ce qu'un quart d'eau-de-vie, mais c'était plus qu'évident, avec l'épaisse couche de crasse et de salpêtre qui recouvrait les fenêtres, le silence sépulcral qu'on respirait là-dedans et la liberté avec laquelle les araignées installaient leurs nids sous le toit, personne n'avait occupé cette maison depuis très longtemps, même pas la femme de Milton, qui avait fui peu de jours après la disparition de son mec. Elle était sans doute retournée chez ses parents à Tierra Blanca, peut-être était-elle allée plus loin encore, qui pourrait le dire avec certitude, la peur se propageait comme une traînée de poudre et *ces gens-là* avaient débarqué avec fracas à Progreso, ratissant tout sur leur passage. Alors Polo faisait le tour de la maison de Milton, il passait à côté de sa vieille camionnette texane, couverte de feuilles et de fleurs tombées du manguier qui occupait cette partie du terrain, il descendait jusqu'à la plage qui donnait sur le fleuve et s'asseyait sur le tronc sec dont Milton avait l'habitude de faire un banc, puis il passait des heures à regarder l'eau apparemment immobile et le vol bas des libellules, tandis qu'il lançait des pierres et suçait des roseaux tendres pour faire passer l'envie d'une cigarette, l'envie de boire un coup et de calmer le tourbillon d'idées noires, éthérées mais aiguisées, qui virevoltaient dans sa tête comme une nuée de papillons de nuit autour d'une lumière solitaire. Il regardait le fleuve, mordillait les morceaux de canne, sortait le téléphone de sa poche et dépensait son crédit à envoyer des messages à Milton, le énième nouveau numéro qu'il lui avait passé la dernière fois où ils s'étaient vus, il y avait des semaines de cela, avant même que Polo ne commence à travailler à Paradaïze, et il restait longtemps assis, là, attendant en vain la réponse de son cousin, jusqu'à ce que le soleil se couche complètement ; alors les lumières brillantes de Paradaïze et des lotissements alentour s'allumaient, les eaux marron prenaient une teinte argentée, ocre et jaune, sauf à l'endroit sombre où se dressait la maison abandonnée, à peine visible derrière les branches du grand ficus qui poussait sur le rivage et qui occultait une partie de la façade, un mur crasseux et rongé par le temps percé de trois trous de taille différente qui donnaient l'impression à Polo d'être les yeux et la bouche d'un visage difforme, comme figé dans un cri ou un rire macabre, le rire de la Comtesse Sanglante, la femme qui avait fait construire cette maison au temps des Espagnols et que les habitants des marais avaient tuée à coups de bâton parce qu'elle était perverse et diabolique. Elle avait l'habitude d'enlever des enfants et des jeunes gens qu'elle choisissait parmi les esclaves qui travaillaient sur ses terres et auxquels elle donnait la mort après les avoir soumis à des supplices innommables pour finalement jeter leurs restes dans un fossé plein de crocodiles qui se trouvait dans les sous-sols de la grande maison, c'était du moins ce que racontaient les horribles femmes de Progreso, qui juraient encore et encore que la nuit, quand la lune excitait la marée et que les crabes bleus se promenaient au bord du fleuve, le spectre de la Comtesse, transformée en une harpie au visage maculé du sang de ses victimes, enveloppée dans les haillons pourris de ses anciennes tenues de gala, surgissait entre les ruines de la grande maison et ouvrait les bras au ciel en poussant des cris effroyables, invoquant les forces du mal qui la protégeaient puis, au milieu d'une lumière bleutée, elle se transformait en un mystérieux oiseau noir qui s'éloignait en volant entre les arbres, que des conneries dont Polo ne pouvait s'empêcher de se souvenir lorsqu'il contemplait ce visage de travers qui semblait le regarder, moqueur, depuis l'autre rive du fleuve. Il finissait par se rendre et par quitter le rivage avant que la pleine obscurité ne s'abatte d'un coup, il tournait alors comme un idiot dans le village vide, envahi à cette heure-là par des bandes de gamins arrogants, des petits malfrats avec un fin duvet en guise de moustache, que Polo était obligé de saluer quand il passait devant eux, d'un signe de la main sur la visière de sa casquette, juste pour qu'ils lui foutent la paix et ne le fassent pas chier avec leurs radios et leurs codes secrets, c'était que des gamins à la con qui croyaient être les rois du village seulement parce qu'ils percevaient de l'argent au nom de *ces gens-là* ; quand la faim devenait trop forte, il rentrait chez lui sans faire de bruit, par la porte qui donnait sur la cour, et il s'envoyait les empanadas toutes dures que Zorayda lui laissait sur la gazinière, comme ça, debout, elles étaient enveloppées dans du papier aluminium pour les protéger des cafards, puis il sortait du frigo une boisson qu'il buvait au goulot, il essayait de ne pas faire de bruit pour éviter que sa mère ne lui crie dessus depuis sa chambre où elle était couchée, les cheveux humides après la douche, enveloppés dans un vieux tee-shirt qu'elle enroulait comme un turban pour ne pas mouiller sa taie d'oreiller, tandis que la lumière de la télé vibrait sur son visage grave et sur le corps de Zorayda, allongée près d'elle dans l'autre lit, le ventre tendu, nu, tout brillant de l'huile d'amande douce dont cette cochonne se tartinait, riant pour allez savoir quelle connerie ou s'empiffrant de cacahuètes ou de pruneaux aux épices, alors que le ventilateur tournait devant elles. Polo passait par la porte ouverte tel un fantôme puis il s'allongeait sur la paillasse qui sentait déjà le bouc, la tête appuyée sur une vieille blouse de son grand-père, le téléphone posé sur sa poitrine nue pour le sentir vibrer lorsque Milton lui enverrait un message, quand ce fils de pute daignerait lui répondre. C'était la première chose qu'il faisait quand il se réveillait, la dernière avant de s'endormir : regarder l'écran de son téléphone pour vérifier s'il n'avait pas de nouveaux messages. Parfois même, il rêvait de Milton ; il rêvait qu'il parlait longuement avec son cousin, mais le matin, il n'arrivait jamais à se souvenir de ce qu'il avait dit. Parfois il rêvait aussi de la grande maison hantée, et du ficus qui poussait au bord du fleuve ; il rêvait que les racines ondulantes de l'arbre s'écartaient comme des tentacules pour dévoiler en leur centre une maison identique à la vraie, pareillement couverte de mousse et en grande partie détruite, mais beaucoup plus petite, comme une maison de poupées où le cœur sanglant de la Comtesse battait, prisonnier.

La vérité est que, si ça n'avait tenu qu'à lui, il ne se serait jamais saoulé sur le perron de cette grande maison de merde, non pas parce qu'il avait peur de se trouver à cet endroit ; il savait déjà que tout ce qu'on racontait, ce n'étaient que des histoires, que le seul danger que renfermaient ces ruines vermoulues, c'étaient les veuves noires qui avaient installé leurs nids dans les coins les plus sombres. Mais ce qui foutait vraiment la trouille, c'était cette *vibration* qu'on sentait autour des ruines, la sensation d'oppression angoissante qui prenait possession de son corps lorsqu'il s'asseyait sur les marches de pierre, et puis c'était franchement déprimant d'être là à boire en compagnie de ce gros imbécile tandis que la pluie tombait, abondante mais invisible sur la cime des arbres qu'il y avait tout autour, un dôme végétal qui retenait la chaleur de la terre humide et qui les empêchait de voir le fleuve, le ciel, et même les lumières de Progreso, sur la rive opposée. C'est ce malheureux porcelet qui avait eu l'idée, bien sûr, de boire dans ce lieu si effrayant, quand ce crétin a fini par réapparaître dans les rues du lotissement, après des jours entiers sans montrer le bout de son nez à qui que ce soit. Apparemment il s'était fait choper alors qu'il était drôlement bourré, la dernière fois où ils avaient bu sur l'embarcadère ; il était tellement ivre qu'il avait oublié le chemin pour retourner chez lui, du coup le gardien Cenobio l'avait trouvé en train de ronfler, écroulé près de la piscine, sur un des transats de la terrasse, à la grande honte de ses grands-parents. Ils avaient menacé de prévenir son père, mais même comme ça, ils n'ont pas pu obtenir de lui qu'il dise où il avait trouvé l'alcool, qui le lui avait vendu ; il était resté courageusement silencieux, il avait tout encaissé et supporté les réprimandes des vieux, mais finalement, comme à chaque fois, ses grands-parents lui avaient pardonné car ils n'avaient ni l'énergie ni l'envie de maintenir la punition, et au bout de quelques jours tout était redevenu comme avant, ou presque, car maintenant, c'était impossible de leur piquer du fric ; les faits les avaient rendus méfiants, en plus ce n'était peut-être pas une bonne idée de retourner sur le quai, maintenant que Cenobio faisait aussi sa ronde dans le secteur et pouvait les surprendre. Et de toute façon, qui avait envie de se saouler sous la pluie et de finir trempé, maintenant que les averses tombaient toute la nuit ? Il serait peut-être préférable de changer de cachette, de choisir par exemple la grande maison abandonnée, qui était sur le terrain vague, tout proche. Ils pouvaient se retrouver là à neuf heures du soir, ils n'auraient pas à s'inquiéter de quoi que ce soit. Qui allait les déranger là-bas ? Ou est-ce que Polo avait peur ? Il y avait quelque chose qu'il voulait lui montrer, quelque chose qu'il ne devinerait jamais, un truc *super-dément*, avait dit ce porc, c'est ce qui a fini par convaincre Polo, qui avait les nerfs à fleur de peau mais en avait assez de s'inventer des circuits dans le village pour occuper les heures vides de ses après-midi à faire semblant que ça ne lui manquait pas de se bourrer la gueule. Alors il s'est présenté à l'heure convenue et il a bu avec enthousiasme dans la lourde bouteille carrée de vieux rhum que ce porc a sortie de son sac à dos, quand enfin ils se sont retrouvés sur les marches de la grande maison. Ils ont dû s'enfiler l'alcool sec car ni l'un ni l'autre n'avait de l'argent pour acheter une boisson gazeuse ou des glaçons, mais ce n'était pas bien grave : le rhum descendait dans la gorge de Polo doux et chaud, tellement savoureux et détendant qu'il n'arrivait pas à s'empêcher de passer la langue à l'intérieur de la bouche après chaque gorgée, fasciné par l'arrière-goût de fruit et de caramel qui persistait malgré la fumée de cigarette. Pour la première fois depuis drôlement longtemps, il se sentait ivre ; non pas éméché ou un peu gris, comme à son habitude, mais profondément, mélancoliquement ivre, comme enfoncé dans une torpeur dense qui, par moments, l'empêchait de suivre le fil des conneries que le gros était en train de lui raconter. Car au début, Polo avait pensé avoir mal entendu ; c'était impossible que ce porc ait osé faire ce qu'il était en train de lui raconter : s'introduire en cachette chez les Maroño en leur absence, car depuis longtemps il savait que la famille ne verrouillait jamais la porte de la cuisine qui communiquait avec la cour à l'arrière de la maison et avec la petite chambre de service où la bonne, Griselda, vivait durant la semaine, alors un jour où les Maroño étaient en croisière, le gros était entré en catimini dans la maison et il avait continué à le faire à leur retour, le dimanche, quand les voisins allaient manger dehors et qu'ils passaient l'après-midi à parcourir les centres commerciaux, car la bonne profitait alors de sa journée de congé pour retourner dans son village, du coup le gros était libre de taper dans le bar du chauve imbu de lui-même, après quoi il pouvait monter pour fouiner autant qu'il le voulait dans la chambre principale et fouiller dans les tiroirs de madame Marián, renifler ses vêtements, son oreiller, et piquer ses petites culottes dans le panier de linge sale, dans la salle de bains. Et avant que Polo puisse hausser les sourcils dans un élan de scepticisme, le gros a cherché dans son bermuda et a sorti un petit sac en plastique avec une fermeture hermétique qu'il a ouvert de ses doigts tremblants pour en tirer avec la plus grande déférence un petit triangle de dentelle noir que, à la surprise de Polo, ce gros porc a immédiatement collé sous son nez pour le renifler, l'air extasié. Il sent encore, a-t-il soupiré, et Polo a fait une grimace de dégoût. Allez, renifle aussi si tu en as envie, a-t-il proposé à Polo, qui a eu envie de taper sur la main tendue. Arrête, a-t-il murmuré, les sourcils froncés, alors le gros a lâché un rire moqueur, content de lui, une sorte de braiment arrogant que Polo a perçu comme une offense directe à sa personne, à sa virilité.

C'est ce rire idiot, associé à l'exaltation intense du rhum et à l'agitation dans laquelle cet endroit le plongeait, qui a fait éclater la colère de Polo. Pour la première fois, il a ouvert la bouche en présence du gros, les lèvres engourdies par la rage et l'alcool, et il lui a balancé ce qu'il pensait réellement de lui et de son exploit ridicule : c'était que des conneries, vraiment. Le gros, qui à ce moment-là buvait dans son verre, a toussé nerveusement. Arrête, Polo, putain, de quelles conneries tu parles ? Il a prononcé ces mots et un rire condescendant a fendu son visage joufflu. Tu te crois très malin, a marmonné Polo, tandis qu'il se levait et jetait dans l'obscurité le mégot de la cigarette qu'il venait de terminer. Tu te crois très malin mais tu es juste entré dans cette maison pour piquer un slip sale, alors qu'il y a plein de trucs là-dedans. Il a vidé ce qu'il restait de la bouteille dans son verre en plastique. Ben, j'ai aussi piqué la bouteille que t'es en train de descendre, tu vois, a répondu le gros, sur la défensive. Tu ne t'en plains pas, pas vrai ? C'est quand même des conneries, a répété Polo, en pensant aux bijoux dont cette pétasse se parait, aux boucles avec des brillants qu'elle portait le jour de la fête, aux bracelets en argent, aux bagues en or et aux montres raffinées que portait son chauve de mari. Polo ne connaissait rien aux marques et aux looks, mais il était sûr que la moins chère des petites montres que portait le type valait au moins ce qu'il gagnait comme jardinier en une année ; il n'y avait qu'à voir les manières que ce couillon faisait pour regarder l'heure, avec des mouvements des yeux faits pour crâner avec son petit jouet. Ouais, mec, a dit le gros, puis il s'est penché pour lui prendre la bouteille. Putain, t'es en train de tout t'envoyer. Polo a bu d'une traite. La prochaine fois, tu viens avec moi, alors, a rétorqué le gros, pour voir si tu assures. Polo lui a répondu par un bras d'honneur. Il a trébuché en se baissant pour ramasser le paquet de cigarettes. Quand il a finalement réussi à en allumer une, il s'est rendu compte qu'il était seul ;

le gros avait disparu. Franco ? il l'a appelé, en vain. La seule chose qu'on entendait, c'était le bourdonnement agonique d'un milliard d'insectes et le rideau assourdissant de la pluie qui les enveloppait. Franco, déconne pas, a crié Polo soudain en colère. Il était donc entré dans la grande maison ? Il n'arrivait pas à voir quoi que ce soit depuis l'entrée, rien qu'une obscurité dense, sillonnée de lucioles, qui scintillaient de manière intermittente, c'était pire que de chercher à voir quelque chose les yeux fermés. Franco ? a-t-il répété, et un pet languide a résonné dans la pénombre, suivi d'un rire idiot qui a rebondi entre les murs en brique. Je suis en train de pisser, mon vieux, a dit Franco, quelque part dans la grande maison. Putain, je peux pas pisser tranquille ? Un lézard a répondu avec son bruit caractéristique, et Polo a fait un bond. C'est fou, a dit le gros, pensif. Je crois qu'il y a une piscine là-dedans. Ou alors un puits ? Polo a reculé jusqu'aux marches. Quelque chose de pâle et mince est soudain sorti de l'obscurité, se traînant à toute allure sur le sol : une main squelettique, a pensé Polo, avec des doigts horribles repliés comme des pattes. Il a poussé un cri en lui donnant un coup de pied, de toutes ses forces : c'était un énorme crabe bleu égaré là et qui est parti à toute allure en direction des arbres les plus proches, au moment où le gros éclatait encore de rire et lâchait un nouveau pet.

C'est à ce moment-là qu'il a commencé à le détester. Mais à le détester pour de vrai, avec des envies de lui casser la gueule et de lui balancer cette bouteille carrée en pleine figure, de lui donner des coups de pied jusqu'à lui éclater le ventre puis de le jeter dans le fleuve, la tête en bas, et les courants traîtres se chargeraient de traîner son cadavre bouffé par les poissons jusqu'à Alvarado, ou peut-être plus loin encore. Quel crétin de gamin, froussard, quel pédé, qui n'était pas assez couillu pour voler un truc qui vaille le coup, alors qu'il y avait tant de choses dans cette maison, des consoles de jeu, des écrans, des bijoux, des montres et même de l'argent liquide, putain, n'importe quoi, mais pas piquer les culottes merdeuses de cette pétasse.

Cette nuit-là, il ne sait pas très bien comment il a fait pour arriver chez lui. Il ne se souvient même pas d'avoir attendu que le gros sorte de la grande maison. Le lendemain matin, lui arrivaient par flashs des images de lui-même, sans lien entre elles et presque étrangères, comme si elles avaient été enregistrées par une caméra et non par ses propres yeux. Il se voyait lui-même en train de vomir copieusement sur le tronc d'un avocatier, puis de pédaler face aux lumières aveuglantes des voitures sur la route, puis de pisser depuis le pont, tandis que son jet d'urine tombait en silence dans l'eau du fleuve qui puait la chatte. Si au moins ce fils de pute, son traître de grand-père avait tenu sa promesse de lui apprendre à construire un bateau en bois, une petite barque toute simple mais solide sur laquelle il aurait ensuite pu adapter un modeste moteur pour ne pas avoir à dépendre de la force de ses bras ou des caprices du courant, un rêve que son grand-père avait oublié en s'enfonçant dans la vieillesse, et que la mère de Polo s'est chargée de rendre définitivement irréalisable quand cette conne a décidé de vendre les outils du vieux, profitant du fait qu'il était déjà grabataire, totalement perdu dans ses délires, à pleurer, l'air effrayé, sans reconnaître qui que ce soit, ne comprenant pas pourquoi on l'attachait avec des bandages ; ça avait été un coup bas que Polo ne pardonnait toujours pas à sa mère, s'être défait de ces outils qui constituaient son héritage, qui lui revenaient de droit, les scies, les gouges et les ciseaux à bois artisanaux que son grand-père avait fabriqués au fil des ans, n'ayant pas fait d'études pour cela, mais grâce à son habileté et encore plus au besoin et à la faim qui l'assaillaient, des outils faits sur mesure pour ses épaisses mains brunes, râpeuses et mutilées par le frottement infatigable du bois grossier et par les accidents dus à la maudite habitude qu'il avait de s'envoyer je ne sais combien de verres de *poison* tandis qu'il travaillait, aussi à cause du diabète qui avait abîmé ses nerfs, c'est pour ça qu'il ne sentait même pas lorsque la scie électrique, qu'il avait lui-même soudée et fabriquée rien qu'en regardant les dessins d'un livre, lui fauchait un bout d'index, *rien que le bout*, qu'il disait, en riant, tandis qu'il cherchait par terre le morceau de doigt ainsi qu'un morceau de tissu pour l'imbiber de kérosène et l'allumer aussitôt afin de cautériser la blessure qui tachait de sang la sciure qu'il y avait partout. Quel salaud, son grand-père, et comme c'était incompréhensible ! Polo l'avait tellement aimé, tellement craint quand il avait un verre de trop et qu'il se mettait soudain à parler seul, à crier comme un fou et à balancer des objets contre les murs. À côté de lui, Polo se sentait idiot, maladroit, minuscule, une petite chose insignifiante tout juste venue au monde tandis que la vie de son grand-père s'étendait, infinie, vers le passé, comme un très long film dans lequel Polo n'était qu'un figurant sans importance qui apparaissait quelques minutes avant la fin pour dire une connerie. Le grand-père n'avait jamais été un enfant, c'est pour ça qu'il ne savait pas comment s'y prendre avec eux, comme il disait ; il travaillait depuis l'âge de six ans : d'abord, il avait été muletier, puis portefaix et chauffeur dans une société de meubles, ensuite vendeur dans la même société, plus tard cuisinier et maître d'école, puis il avait dû faire de la prison quelque temps, après il avait été charpentier, vers la fin, quand il s'était installé à Progreso, et tous ces métiers, le mec les avait appris tout seul, rien qu'à regarder comment on faisait, en observant puis en reproduisant les gestes des autres, se débrouillant avec ce qu'il avait sous la main. Il avait eu plein de femmes dans la région, dans les différents villages où il a vécu, et au moins une douzaine d'enfants, des enfants à lui, de son propre sang, ou des bâtards, mais la seule qu'il avait reconnue en lui donnant son nom, c'était la mère de Polo, car il était sûr, disait ce vieux salaud, qu'elle était de lui et non pas d'un autre type. C'est qu'elle était née neuf mois exactement après l'inondation qui l'avait bloqué avec sa femme, durant plusieurs semaines, sur le toit de la maison qu'ils habitaient, ils étaient restés seuls, là, tous les deux entourés de kilomètres d'eau couleur chocolat ; c'est la seule fille qu'il a vue durant ses vieux jours et celle qui s'est finalement occupée de lui durant son agonie, à l'époque où le grand-père était déjà totalement timbré et ne pouvait plus se charger de l'atelier, régulièrement il perdait complètement la boule et il se mettait à errer durant des heures dans le village, les cheveux hirsutes et les vêtements râpés, blanchis par la poussière des chemins, pieds nus ou avec une seule sandale en caoutchouc. Polo avait envie de devenir tout petit et de disparaître chaque fois que ses camarades d'école voyaient passer son grand-père et qu'ils se moquaient de son allure débraillée, lui criant des choses tandis que Polo faisait celui qui ne voyait rien jusqu'à ce que tous se lassent d'embêter le vieux et s'en aillent, alors il l'aidait à se relever car il était par terre, à l'ombre d'un arbre dans le square ou dans l'entrée d'une maison qui n'était pas la sienne, le persuadant de daigner le suivre, s'il te plaît, grand-père, les gens te regardent, je suis ton petit-fils, Polo, rentrons à la maison, tu ne dois pas dormir par terre. Le grand-père avait cette habitude, avant même de devenir fou ; dans la maison, il dormait toujours sur une paillasse, dans le salon, avec ses sandales aux pieds et le bras replié en guise d'oreiller, complètement habillé malgré la chaleur. Mais par la suite il est tombé malade, il a cessé de reconnaître les gens, il voulait seulement errer sur les trottoirs, marmonnant des incohérences ou des obscénités, alors ils se sont vus obligés de l'attacher avec des bandages au lit qui avait été celui de Polo, le lit jumeau qui était collé à celui dans lequel dormait sa mère, le même lit qu'il avait ensuite dû céder à Zorayda. Le grand-père détestait être allongé sur le matelas ; on aurait dit, aux cris qu'il poussait et à la manière dont il se trémoussait, que les ressorts se plantaient dans son dos, mais ce n'était pas le cas ; Polo avait plutôt l'impression que ce n'était pas le matelas qui le dérangeait, mais la proximité du corps de sa propre fille, qui dormait collée à lui pour l'assister dans tout ce dont il pourrait avoir besoin, car le vieux croyait – allez savoir combien de fois Polo l'avait entendu dire, avec cette manie qu'avait le vieux de répéter les choses – qu'il était mauvais pour la santé d'un homme – *pernicieux*, disait le vieux – de dormir près d'une femme, car il est notoire que les humeurs de la femelle affaiblissent et ramollissent les mâles, c'est pour ça que les garçons deviennent chétifs et peureux ; et quand il disait ça, il regardait toujours son petit-fils du coin de l'œil, avec ses petits yeux qui étincelaient de moquerie et de mépris car, enfant, Polo ne pouvait pas dormir loin de sa mère, il était incapable de trouver le sommeil s'il ne collait pas son corps au sien. Si, au milieu de la nuit, Polo se réveillait, avançait la main et ne la sentait pas à son côté, il se mettait à crier, c'est une manie qui a duré jusqu'à ses six ou sept ans, quand il a voyagé avec sa mère à Mina pour rendre visite à tante Rosaura, à tante Juanita et à d'autres personnes de sa famille dont il ne se souvenait plus excepté sa cousine Zorayda, qui avait six ans de plus que lui et devait le garder tandis que sa mère et les tantes jouaient aux cartes ou faisaient un tour au marché du village, à la recherche de prétendants, disait la mère de Polo tandis qu'elle maquillait ses cils et sa bouche, ses yeux étaient alors si chargés de maquillage sombre qu'ils devenaient méconnaissables pour son fils qui braillait, accroché à sa jambe, malheureux à l'idée de l'abandon dont sa mère le menaçait, le laissant de surcroît sous la garde de Zorayda la vilaine ; et ses tantes riaient, elles le traitaient de peureux, de trouillard, est-ce qu'on a déjà vu un gamin aussi collant, qu'elles disaient, puis sa mère lui avait donné une claque pour qu'il se calme et qu'elles puissent s'en aller sur leurs talons qui martelaient le sol, alors Polo avait pleuré jusqu'à ce que Zorayda l'emmène au lit et le prenne dans ses bras pour qu'il se calme, mais il n'a pas pu dormir jusque tard dans la nuit, en partie à cause de la chaleur qu'il faisait mais aussi à cause du malaise qui tourmentait son pauvre ventre depuis qu'il avait décidé qu'il détesterait sa mère à tout jamais, et également parce que Zorayda n'arrêtait pas de l'embêter et de lui faire des chatouilles ; à côté de lui, dans le lit, tout juste vêtue d'un vieux tee-shirt, cette emmerdeuse passait la pointe de son doigt maigre sur l'avant-bras de Polo, *par ici la petite fourmi*, chantait-elle, à voix basse, tandis que son doigt montait, doux et chatouilleur, *elle ramasse sa petite brindille*, et elle grimpait en zigzaguant jusqu'à atteindre son cou, alors Polo sursautait, *elle se dirige vers sa maison*, et il se mordait les lèvres car le but de ce jeu, c'était de ne pas rire, d'après Zorayda, de n'émettre aucun bruit, *et elle a été surprise par la pluie*, même si la caresse s'approchait de son nombril et se glissait sous l'élastique de son caleçon, *alors elle s'est réfugiée dans sa petite cabane*, ou si elle attaquait les doux plis de ses aisselles, son point le plus sensible, celui qui le faisait immanquablement rire aux éclats et pousser des cris. Après ce contact il était toujours excité et ardent, désireux de se coller au corps de Zorayda, si différent du sien, si différent aussi de celui de sa mère, beaucoup plus sec, plein d'os pointus qui le blessaient quand sa cousine se retournait soudain et grimpait sur lui pour le maltraiter et lui donner des claques. Il y avait quelque chose de diabolique dans le regard de Zorayda, un éclat de turpitude rusée que cette roublarde se gardait bien de montrer devant les adultes, à qui elle ne dévoilait que son côté tendre et accommodant, réservant sa tyrannie et sa cruauté pour les moments où personne n'était là pour l'arrêter. Quand ils se roulaient ensemble dans le même lit, comme ils l'avaient fait chaque soir durant cet horrible voyage à Mina, Zorayda le caressait avec ses doigts qui chatouillaient jusqu'à lui faire perdre pied, il avait une sensation de fourmillement sur toute la peau et la bite bien dure mais aussitôt, sans raison apparente, elle se retournait pour l'attaquer, lui pincer les joues avec ses ongles et le piquer avec ses doigts maigrichons jusqu'à lui arracher des larmes, le visage défait par une grimace horrible, une grimace moqueuse qui pouvait se transformer à n'importe quel moment pour devenir totalement différente ; tel était le pouvoir de sa cousine Zorayda, elle avait une capacité étonnante pour se transformer devant les yeux des gens et donner l'image qu'elle voulait, celle qui l'arrangeait selon ce que les gens attendaient d'elle ; Zorayda, douce et obéissante, avec ses tresses qui lui arrivaient au niveau de la taille et les robes en toile de batiste que tante Rosaura confectionnait pour elle ; Zorayda sérieuse et appliquée devant les patronnes qui l'employaient comme femme de ménage à Mina ; Zorayda bête et démunie, trompée par un homme mauvais, abandonnée avec son enfant, pour la mère de Polo ; Zorayda la folle qui voulait coucher avec Polo par la force, rien que pour le plaisir de lui gâcher la vie, car lui ne s'était jamais intéressé à elle, jamais il ne lui avait suggéré quoi que ce soit ; il essayait de l'éviter, il ne supportait pas sa paresse et son hypocrisie. Elle était venue à Progreso soi-disant pour aider la mère de Polo à s'occuper du grand-père, mais elle passait son temps à chercher des prétextes pour descendre dans l'épicerie de doña Pacha et aguicher les livreurs de boissons, sans que la mère de Polo lui dise quoi que ce soit, ni qu'elle l'engueule comme elle l'engueulait, lui, tous les jours, immanquablement, car comment se pouvait-il que Polo n'ait toujours pas trouvé de travail, avec le besoin de fric qui était le leur, mais qu'est-ce qu'il croyait ce gamin, ce bon à rien, qui jouait au mec pour se bourrer la gueule et se gratter le ventre, mais ne faisait rien pour trouver du boulot. Comme si c'était si facile, putain ! Comme si le travail poussait dans les arbres ! voilà ce qu'il avait envie de lui répondre. D'où voulait-elle qu'il sorte un boulot ? Et un boulot de quoi, mon Dieu, et où ? Personne ne voulait l'embaucher, il avait beau se lever tôt pour renseigner ces putains de demandes d'emploi que sa mère lui apportait, il remplissait les cases, avec sa petite écriture faite de simples majuscules, encore et encore les mêmes informations : prénom, nom du père, nom de la mère, scolarité, état de santé, but dans la vie. Pourquoi voulaient-ils tout ça, qu'est-ce qu'ils en avaient à foutre ? Et qu'est-ce que c'était que cette connerie de « but dans la vie » ? Il laissait toujours la rubrique vierge, il ne savait pas quoi mettre. Ensuite il fallait aller à Boca pour distribuer ses demandes d'emploi, mais avant ça, il fallait sortir dans la cour et se rincer dans le seau d'eau, s'essuyer, mettre un peu de talc et enfiler le seul pantalon qu'il avait, et les chaussures usées du temps où il allait encore au lycée, plus une chemise qui ne soit pas trouée, aller sur l'autre rive et prendre un bus pour aller à Boca en prenant avec lui ces putains de demandes d'emploi qu'il déposait dans les magasins qui avaient besoin de garçons ayant envie de travailler et qui avaient fini leurs études secondaires, tout ça pour retourner à Progreso les mains vides, sans avoir trouvé quoi que ce soit, pour supporter sa cousine casse-couilles, qui au prétexte de garder la maison était tout le temps sur son dos à faire des insinuations et des manières, se penchant tout près de lui au moment de débarrasser son assiette, ou se collant à Polo soi-disant sans faire exprès quand ils se croisaient dans le couloir, serrant son bras au moindre prétexte pour constater, avec une surprise feinte, à quel point il était devenu fort, comme il avait gagné en muscles, qui aurait dit que le gamin chétif allait devenir un grand bonhomme costaud, puis elle souriait avec un air pervers et ses yeux glissaient vers cette partie de l'anatomie de Polo qui finissait toujours par gonfler et durcir, réveillant dans sa mémoire le souvenir de ces vacances à Mina, la culpabilité et la rage qu'il avait ressenties et qu'il avait crues totalement oubliées, complètement effacées de sa mémoire car il n'avait pas envie de se les rappeler, de la même manière qu'il avait oublié les caprices qu'il avait l'habitude de faire à sa mère, son besoin impérieux et pusillanime de s'accrocher à elle pour parvenir à dormir. Tout lui était revenu au moment où Zorayda avait débarqué à Progreso, soi-disant pour aider la mère de Polo avec son grand-père, mais elle n'y mettait pas un entrain fou, on aurait dit que la fille était plutôt venue en vacances, il n'y avait pas de jour sans qu'elle aille se baigner dans la rivière avec une voisine, ni d'après-midi où on ne la voyait aux abords de l'épicerie, en train de papoter avec les vendeurs et les chauffeurs des camions de livraison ou n'importe qui ayant un pénis à lui fourrer dedans, comme une chatte en chaleur. En fait elle a la chatte en feu, Zorayda, disait Milton quand il la voyait, tandis que Polo et lui s'envoyaient une bière dans l'arrière-boutique et qu'elle venait jeter un œil, curieuse et intrusive comme elle était. Elle a la foufoune qui bave, se moquait Milton, mais Polo ne se vexait pas : ils avaient toujours été proches, cousins ou presque, parce que Milton était le fils d'un bâtard que son grand-père avait élevé comme son fils, avant même la naissance de la mère de Polo, alors il ne se fâchait pas quand Milton disait ces choses-là sur sa cousine – qui de toute façon étaient vraies – ni quand il se mettait à lui donner des conseils sur la manière de s'habiller ou la façon dont il devait se présenter quand il cherchait du boulot afin d'inspirer confiance aux employeurs et qu'ils ne pensent pas qu'il était une sorte d'escroc ou un paysan un peu abruti. Polo l'écoutait, mais il ne comprenait pas en quoi mettre du gel dans ses cheveux ou dire bonjour en serrant très fort la main était important, Milton ne se rendait pas compte que son problème pour trouver du travail n'allait pas s'arranger en changeant de coupe de cheveux ou en essayant une nouvelle marque de déodorant ; pour Milton tout était facile car il avait la chance d'être assez blanc, pâle comme un fantôme malgré le soleil de la côte, avec des yeux bordés de cils épais et rêveurs et une masse de cheveux ondulés qu'il passait son temps à écarter de son front avec le geste d'un jeune premier de telenovela, alors que Polo, bon, Polo était bien noir, on ne pouvait pas le dire autrement, et moche comme une gifle sur la face de Dieu, disait sa mère – pourtant ils se ressemblaient vachement –, et il était né avec un regard glauque qui lui donnait l'air de ne pas avoir de but dans la vie. Mais Milton insistait, rien de tout cela n'avait d'importance, la seule chose qui comptait, finalement, c'était l'attitude, Polo devait se motiver, y mettre plus d'entrain, et allons boire une bière pour continuer à bavarder, mon vieux, puis il lui prêtait de l'argent pour qu'il ait du crédit sur son téléphone, et il le ramenait en voiture chez lui quand il était bien disposé, il lui promettait même que s'il n'arrivait pas à trouver du taf il en parlerait à son beau-frère, il pourrait peut-être donner un coup de main à la décharge, mais tout est parti en couilles ce vendredi de carnaval quand *ces gens-là* ont enlevé Milton devant chez lui, alors qu'il venait de rentrer d'un de ses voyages à la frontière sud avec son beau-frère. Polo n'a eu de ses nouvelles qu'au bout de trois mois, quand *ces gens-là* ont autorisé son cousin à se rendre à Progreso pour régler ses affaires personnelles, qui en réalité n'étaient pas si nombreuses, car la femme de Milton l'avait quitté depuis longtemps pour retourner dans sa famille à Tierra Blanca. La fille ne voulait rien savoir de lui ni de ce qui lui était arrivé, et Milton ne voulait pas lui causer d'ennuis, alors il a passé sa journée de liberté en compagnie de Polo, comme au bon vieux temps, mais au lieu de boire des bières dans l'arrière-boutique de doña Pacha, ils sont allés prendre quelques tacos et boire un coup dans une taquería très cool de Boca, au bord du fleuve, comme des chefs, et Milton lui a raconté ce qui était arrivé la nuit où on l'avait kidnappé avec son beau-frère, tandis que Polo l'écoutait et s'empiffrait de tacos al pastor et qu'il descendait des bières, Milton ne faisait que fumer comme un pompier, clope après clope, et il se mouchait tout le temps comme s'il était en train de s'envoyer de la coke en douce, mais il jurait que non, qu'il n'aimait pas prendre ces machins-là, et le gars qui les servait regardait du coin de l'œil la bosse que faisait le flingue au niveau des hanches de Milton, et il feignait de ne pas écouter du tout ce que son cousin racontait.

Les choses s'étaient passées comme ça : ce vendredi du mois de février, Milton rentrait chez lui, il était environ deux heures du matin et il était crevé, tellement à la ramasse après dix-huit heures de conduite depuis le Chiapas qu'il ne s'est pas rendu compte que *ces gens-là* l'attendaient juste devant sa maison : une camionnette énorme remplie de mecs qu'il n'avait jamais vus de sa vie, et Milton n'a même pas pu se défendre, il n'a même pas eu la force de courir, il avait conduit trop longtemps et il avait une de ces descentes d'amphétamines qui te donnent l'impression que tu vas avoir un infarctus d'un moment à l'autre, en plus les mecs étaient armés, qu'est-ce qu'il aurait pu faire. Ils l'ont fait monter dans la camionnette en le couvrant d'insultes, ils lui ont pris tout ce qu'il avait sur lui, portefeuille, clés, téléphone, ils l'ont couché sur le plancher de la bagnole pour qu'il ne voie rien et ils ont tourné plusicurs heures dans la camionnette, pour qu'il ne sache pas où ils se trouvaient ; il saignait de la tête, mais Milton s'est quand même rendu compte qu'ils allaient vers l'aéroport, tout près des marais, en raison du bruit des avions qui volaient très bas. Le fait est que, après plusieurs heures à le balader comme ça dans tous les sens, on l'a conduit dans une grande propriété, puis on l'a jeté dans une maison avant de l'enfermer dans une pièce où on l'a frappé puis encore frappé pour qu'il crache pourquoi il allait si souvent à la frontière, en quoi consistait la combine avec les voitures, avec qui ils étaient de mèche. Au début Milton avait bien tenu le coup, mais quand ils ont commencé à le cogner, il a tout lâché, il n'a pas pu supporter le supplice, il s'est même pissé dessus, en plus dans la pièce d'à côté ils avaient un autre mec à qui ils étaient en train de faire la même chose, Milton entendait le type pleurer comme une madeleine, il imaginait que c'était son beau-frère qu'ils avaient là-dedans, mais il n'arrivait pas à reconnaître sa voix, on n'entendait que des cris déformés par la douleur, et de toute façon Milton ne voulait pas demander s'il s'agissait bien de lui, si c'était bien son beau-frère. Lui, il ne voulait rien dire mais à la fin, quand ils ont commencé à lui envoyer du jus, il a fini par tout raconter, absolument tout, parce que la douleur était affreuse et le mec à côté était déjà en train d'être découpé ; Milton ne pouvait pas voir quoi que ce soit, il avait la tête dans un sac qui sentait la merde, mais les salauds qui lui envoyaient les décharges lui disaient ce qui était en train de se passer dans l'autre pièce, qu'ils étaient déjà en train de couper les oreilles du mec d'à côté car il ne voulait pas coopérer, et que maintenant ils allaient s'attaquer aux doigts, après quoi ce serait les mains, ils ont fini par lui couper la tête, à en juger par les bruits affreux qu'on entendait, c'est pour ça que Milton a fini par leur raconter tout ce qu'ils voulaient savoir à propos du deal de son beau-frère, tout : numéros et montants, le nom des gens qui bossaient avec eux, les contacts avec la police nationale, les routes qu'ils empruntaient pour aller jusqu'à la frontière puis pour en revenir, même leurs trucs pour trafiquer les numéros de série, il leur a tout dit, du coup quand il a terminé, au lieu de le tuer tel un vulgaire chien, comme Milton pensait qu'ils allaient le faire, ils l'ont laissé un moment tranquille, jusqu'à ce que le jour se lève, alors un mec est venu le réveiller, il lui a enlevé le sac qu'il avait sur la tête, il lui a donné de l'eau pour qu'il boive, puis Milton a vu qu'il était dans une simple pièce en brique avec un toit en tôle ondulée, et que devant lui il y avait une femme jeune, aux cheveux châtain clair, portant un jean, une chemise avec un col haut et des lunettes noires. Elle devait avoir vingt, vingt-cinq ans tout au plus, mais elle semblait être la chef de tous ces types, car même les plus durs et mauvais étaient calmes en sa présence, se tenant bien droit et regardant devant eux quand la femme les balayait du regard, et ils lui disaient *vous* et *licenciada*, mais va savoir si cette fille l'était ou pas, car elle parlait très mal, comme une fille de la campagne, de manière hachée. Milton a immédiatement compris qu'avec cette fille on ne pouvait pas déconner, alors quand elle a commencé son discours, il a baissé les yeux, regardant le sol et ses bottes de femme, et à tout il disait oui, madame, oui, *licenciada*, et elle : on va te laisser une chance car on sait que tu connais le truc, mais si tu ne veux pas bosser, c'est ton droit, je te signale seulement que nous savons où tu habites, avec qui tu es en couple, ce qu'elle fait et où vit toute sa famille, alors Milton n'a pas beaucoup hésité avant de lui dire oui, il faut reconnaître ; il est allé jusqu'à la remercier, il s'est vraiment montré reconnaissant, même si à l'intérieur il était mort de trouille, car la fille lui a expliqué qu'ils ne lui donneraient qu'une chance, une seule chance, elle disait comme ça, car ils étaient impatients de reprendre la combine de la décharge, mais la fille lui a aussi dit qu'au premier faux pas ils le liquideraient, lui et tout ce qui allait avec lui, sa femme, sa famille, ses frères et même les voisins, alors Milton a continué à dire oui, qu'il comprenait, que c'était très bien comme ça.

Du coup, la fille a demandé qu'on le libère, qu'on le laisse prendre une douche et qu'on lui donne des vêtements pour sortir, qu'on lui fasse quelques points à la tête et qu'on le mette immédiatement à l'épreuve, tout de suite, pour voir s'il pouvait collaborer ou s'il valait mieux se débarrasser de lui. Alors ils l'ont emmené dans une autre pièce, ils l'ont laissé prendre une douche et mettre des vêtements propres, tout neufs, des fringues classieuses, puis une autre fille est entrée, très pressée, petite et grosse comme une boule, avec une sale tête, et elle lui a crié de s'asseoir sur un seau retourné pour qu'elle puisse recoudre sa plaie, puis on lui a donné une casquette afin qu'il cache la grosse suture qu'elle lui avait faite et on l'a emmené dans la partie principale de la maison, où la même petite femme qui l'avait recousu en un rien de temps était maintenant en train de faire frire des tortillas de maïs dans une énorme bassine d'huile bouillante tandis qu'une douzaine d'hommes, presque tous jeunes, mangeaient en silence sur des tables en plastique, les yeux levés vers le match de foot qui passait sur un écran accroché au mur – le club d'America contre celui de Necaxa, il s'en souvient encore –, tout en prenant des boissons dans un vieux frigo qui vibrait dans un coin de la pièce. On aurait dit une auberge comme une autre, un stand de fritures au milieu de nulle part, puis on l'a fait asseoir à côté d'un autre type, un mec très tranquille, très brun et silencieux qui mangeait des tacos dans l'assiette que la fille trapue avait posée devant lui, sans parler à Milton ni à qui que ce soit, sans lui expliquer ce qui était en train de se passer ou sur le point de se passer. Après il a appris qu'on appelait ce mec Grande Gueule, car il ne parlait presque jamais à voix haute, mais ça, ça a été plus tard ; à ce moment-là, Milton était complètement perdu, il ne comprenait rien et regardait dans toutes les directions en essayant de prévoir de quel côté les coups allaient tomber sur lui, il regardait la porte ouverte qui donnait sur l'extérieur, sur la rue, ou plutôt sur une route perdue au milieu de la campagne, et il se demandait jusqu'où il serait capable d'aller en courant avant que ces types ne le descendent.

Le fait est que, quand Grande Gueule a terminé de manger, il a donné un coup de coude à Milton et lui a fait signe de partir avec lui. Ils sont sortis de l'auberge et une fois dehors Milton s'est rendu compte qu'il ne s'agissait pas d'une propriété mais tout juste d'une maison en brique au bord d'un chemin de terre, entouré de manguiers et de broussailles, rien de plus. À côté de la route il y avait un autre type, également très jeune et très brun, tout propre et bien mis, avec une chemise et un pantalon parfaitement repassés, il était même parfumé. Le garçon s'est présenté comme le Crapaud, il a offert à Milton sa première cigarette depuis plusieurs jours, il commençait tout juste à en ressentir l'ivresse qu'ils étaient déjà à bord d'une camionnette de quatre places qui les a conduits tous les trois jusqu'au port, au niveau du IMSS de Cuauhtémoc. Ni le Crapaud, ni Grande Gueule, ni le chauffeur ne lui ont expliqué quoi que ce soit, et Milton n'a pas osé poser de questions, il s'est contenté de suivre les autres gars et de faire la même chose qu'eux : ils sont entrés dans un snack en face de l'hôpital et ont commandé une tourte milanaise et un Boing à la goyave qu'ils ont aussitôt ingurgités, même s'ils venaient de manger dans l'auberge des marais, on aurait dit des machines à avaler de la bouffe, insatiables, puis ils sont restés un moment à fumer et à regarder des voitures qui passaient dans l'avenue, jusqu'à ce que Grande Gueule fasse un signe à Crapaud, alors tous les trois sont sortis du local, ils ont arrêté un taxi et Crapaud a glissé sa tête par la fenêtre pour demander au chauffeur combien il prenait pour les conduire jusqu'à Aurrerá, à Puente Moreno. Milton n'a pas réussi à entendre la réponse du chauffeur, il s'est contenté de s'installer sur le siège arrière quand Crapaud a ouvert la portière côté copilote, et ils ont aussitôt démarré. Crapaud était donc à l'avant, à côté du chauffeur, derrière il y avait Grande Gueule et Milton. Après quelques rues, Crapaud a commencé à parler avec le type qui conduisait le taxi, il a parlé de la chaleur, du match de Tiburón, et puis de cul ; avec ce sujet de conversation, le chauffeur de taxi, un vieux crasseux mal coiffé, tout puant dans son débardeur, avec des aisselles poilues, a semblé tout émoustillé, et il s'est mis à parler des femmes qui étaient passées dans son lit, il a même commencé à leur donner des conseils sur la façon de les mater, les techniques pour les faire à son goût, alors Crapaud et Grande Gueule se sont mis à rire aux conneries que disait ce vieux qui puait, Milton aussi essayait de rire, de réagir normalement, personne ne lui disait quoi que ce soit, mais il a imaginé que c'était l'attitude qu'il devait avoir. En tout cas, en chemin, Crapaud a passé son temps à rire à tout ce que disait le vieux jusqu'à ce qu'ils arrivent au parking d'Aurrerá, alors le type s'est arrêté et a dit à Crapaud que ça faisait cent pesos. Grande Gueule a protesté, à l'arrière, c'était la première fois que Milton l'entendait parler : cent pesos, putain, puis Milton a vu que le mec avait un câble dans les mains, un câble en acier très fin qu'il a passé par-dessus le siège et avec lequel il a essayé d'étrangler le chauffeur de taxi, mais ce dernier a réussi à glisser sa main entre le câble et son cou, c'est à ce moment-là que Crapaud a mis le frein à main et qu'il a collé son flingue sur le visage du vieux. C'est bon, c'est bon, prenez l'argent, a dit le chauffeur de taxi. Je m'en fous de ton argent, a répondu Grande Gueule, collé contre son oreille, tu es déjà foutu, espèce de crève-la-faim. Milton était tellement secoué qu'il n'a pas bien saisi à quel moment les renforts étaient arrivés : en tout cas, deux autres types étaient déjà près du taxi, en train d'ouvrir les portières. L'un des deux s'est jeté sur le chauffeur et avec Crapaud, à force de cris et de coups, ils l'ont fait sortir de sa voiture et l'ont mis dans le coffre. L'autre gars, au même moment, a ouvert la portière de Milton et, sans lui dire un mot, l'a poussé pour monter avec eux. Crapaud s'est installé au volant, il a réglé le rétroviseur, a coiffé avec ses mains ses cheveux gominés, il a desserré le frein à main puis ils ont quitté le parking d'Aurrerá à toute vitesse sans qu'on leur dise quoi que ce soit, sans que personne se soit apparemment rendu compte de ce qui venait d'arriver.

Alors ils ont filé vers des quartiers qui jouxtent l'usine de traitement des eaux, où ils ont commencé à faire un truc assez dingue que Milton a mis pas mal de temps à comprendre : à bord du taxi, ils ont commencé à tourner dans les rues du quartier, et lorsqu'ils voyaient un livreur à moto ils le suivaient, se plaçant juste derrière lui. Quand ils étaient tout près, Crapaud accélérait d'un coup et percutait le livreur, suffisamment fort pour l'envoyer valser sans trop endommager la moto ; quand le livreur tombait à terre, parfois bien amoché, Grande Gueule et les autres sortaient de la voiture, ils le rouaient de coups de pied et le menaçaient avec leurs flingues, ensuite l'un des gars vérifiait rapidement l'état de la moto, il montait dessus et se tirait à toute allure, puis ils remontaient dans le taxi et partaient de nouveau à la chasse aux livreurs dans les rues du quartier d'à côté. Ils ont fait la même chose trois fois de suite, jusqu'à ce que dans la voiture il ne reste que Crapaud au volant et Milton assis à l'arrière, il avait vraiment la trouille car personne n'avait pris la peine de lui expliquer quoi que ce soit, mais l'ambiance n'était pas aux câlins, il avait peur d'ouvrir la bouche et de tout faire foirer en posant une question.

Le fait est que Crapaud a pris la direction de Tejería et il est entré dans une brèche déserte où pas un seul petit arbre ne poussait. Il n'y avait que des broussailles assez basses mais très drues, et quelques vaches maigres avec des yeux cernés, sur plusieurs kilomètres à la ronde, aussi loin que portait le regard. Le chemin de terre devenait de plus en plus étroit, plus loin il n'a plus été possible de continuer car les broussailles les cernaient de toutes parts, alors Crapaud a arrêté la voiture, il a regardé Milton dans le rétroviseur et lui a dit de se tenir prêt car le moment était venu ; il lui a ordonné de descendre et de l'aider à ouvrir le coffre, ils en ont fait sortir le vieux puant, ils devaient presque le porter car ils lui avaient attaché les mains dans le dos avec des liens en plastique qui l'empêchaient de se relever tout seul. Le vieux lubrique ne faisait plus du tout le malin, comme au début ; ses cheveux étaient trempés, collés sur son visage en sueur, de peur, il s'était pissé dessus et suppliait pour sa vie, tout en pleurant, il implorait qu'on ne le tue pas, par pitié, par la Sainte Vierge, les gars. Crapaud l'a jeté par terre et lui a assené des coups de pied ; il s'est essuyé les mains sur son pantalon, l'air dégoûté, puis il a finalement pris le flingue qui était accroché à sa ceinture ; avec la main gauche, il en a sorti un plus petit qui était calé dans son dos et l'a passé à Milton, qui l'a pris sans savoir quoi en faire. Enlève la sécurité, lui a ordonné Crapaud, qui lui a expliqué comment s'y prendre, très patiemment. Il avait l'air assez serein, presque affable. Après tu coupes la cartouche comme ça, et tu le tues, c'est ce qu'il lui a dit en lui désignant le vieux d'un coup de menton. Il a eu l'impression que ses couilles lui montaient à la gorge, mais Milton a compris que l'heure de vérité était arrivée, l'heure de montrer qu'il était fait pour le taf, et que s'il faisait des chichis, Crapaud le flinguerait aussitôt : il n'y avait que deux options, tuer le pauvre vieux et marquer un point auprès de *ces gens-là* ou descendre Crapaud avant qu'il ait pu lire dans ses pensées, pour fuir comme un cerf dans la campagne et en assumer les conséquences ; mais Crapaud a secoué la tête en souriant, l'air condescendant, comme s'il disait « écoute, entre gitans nous lisons dans les lignes de la main », puis il a agité son flingue qui était pointé sur Milton, soudain impatient : Vas-y, putain, je n'ai pas autant de temps que toi, il se fait tard, alors Milton a levé son arme, il a visé le vieux qui se roulait dans le sable, tout puant et en pleurs. Il supposait qu'il devait le frapper à la tête, mais il n'arrivait pas à s'approcher, Crapaud ne disait rien, il ne lui donnait aucun conseil, il se contentait de viser Milton avec son flingue, il le pressait en haussant les sourcils. Le vieux s'était mis à prier : Salut ô reine, mère de la Miséricorde. Vie, douceur, espérance des hommes, s'est dit Milton dans sa tête, complétant la prière, et à ce moment-là il a su que si le vieux arrivait à dire toute la prière, il ne pourrait plus le tuer, Crapaud les flinguerait tous les deux, alors il a serré les lèvres, les fesses, les paupières puis il a tiré, il a envoyé un plomb dans le dos du vieux, l'air s'est rempli de cris et du battement d'ailes effrayé de centaines de petits oiseaux noirs qui se cachaient dans les broussailles, tout autour d'eux ; Crapaud a dû crier pour se faire entendre par-dessus le vacarme des piafs et les hurlements du vieux : achève-le, qu'il disait, tire-lui une balle dans la tête, alors Milton a appuyé deux fois de suite sur la détente sans parvenir à l'atteindre, même si le vieux bougeait à peine, mais finalement, à la troisième tentative, il a réussi à lui envoyer une balle dans la joue, le vieux a arrêté de remuer et ils ont pu se tirer de là.

Alors, ils sont retournés dans leur repaire, dans l'auberge où la petite bonne femme revêche continuait à faire frire des tortillas de maïs dans une grande bassine, où les mêmes types mangeaient toujours, assis à des tables en plastique. Il faisait une chaleur épouvantable à cause du récipient plein d'huile bouillante et du toit en tôle ondulée. Ils sont restés là un moment jusqu'à ce que Grande Gueule et les deux autres types débarquent sur leurs motos, ils les ont rangées dans une espèce de cour qu'il y avait derrière les bâtiments puis ils ont pénétré dans l'auberge, morts de rire, en hurlant, piaillant comme des gamins tout excités, même Grande Gueule avait l'air content et souriait. Milton n'a pas osé demander ce qui se passait, jusqu'à ce qu'à la télé accrochée au mur commence le journal local, et la première chose que la présentatrice a annoncée, ça a été une série de braquages qui avaient eu lieu de manière simultanée dans cinq stations-service du secteur de Boca del Río, l'après-midi même, à peine quelques heures plus tôt, mais les mecs de l'auberge faisaient un tel raffut que Milton n'a pas pu écouter ce que la présentatrice a dit ensuite, tout juste a-t-il compris que les criminels étaient à moto et qu'ils étaient armés, puis sur le bandeau en bas de l'écran, il a pu lire que le butin s'élevait à plus d'un demi-million de pesos, une somme qui avait été volée en moins d'une heure. La bande était euphorique, tous avaient envie de se bourrer la gueule, mais la petite femme revêche les a calmés, quand ils lui ont demandé de sortir les bières elle a dit non, qu'ils arrêtent de jouer aux cons, il fallait qu'ils attendent que la *licenciada* arrive et les y autorise, puis elle a continué à faire frire ses tortillas de maïs, restant sourde aux demandes et suppliques des jeunes gens. Milton ignore ce qui s'est passé ensuite car il a été pris d'une terrible envie de dormir et là, sur la table en plastique, il s'est assoupi jusqu'à ce qu'un type vienne le secouer pour le conduire jusqu'à un lit dans une des pièces du fond, d'où l'on entendait les cris des gens qu'on était en train de buter et les gémissements des films pornos que des mecs regardaient sur le lit d'à côté ; Milton n'a pas pu se rendormir, il est juste resté là, allongé, à tousser à cause du reflux qui montait de son estomac et qui avait le goût de la sauce verte des tortillas qu'il avait avalées, les yeux écarquillés et rivés au plafond, même s'ils lui brûlaient en raison de la fatigue brutale qu'il ressentait, des dix-huit heures qu'il avait passées au volant depuis Tapachula, des trente heures qui ont suivi et de tout ce qu'il a enduré au fond de cette même maison. Chaque fois qu'il essayait de fermer les paupières et de s'endormir, il voyait la tête éplorée du vieux qui puait, il entendait même sa voix priant la Vierge, alors il rouvrait les yeux et se rappelait chaque instant depuis le moment où on l'avait embarqué sous les insultes juste devant chez lui, pour se convaincre du fait qu'il n'avait pas eu le choix, que c'était sa vie ou celle du vieux, la vie de sa femme, de sa famille ou celle de ce vioc qui, de toute façon, avait déjà vécu la sienne. Depuis ce moment-là, il ne parvenait plus à dormir, comme il l'a dit à Polo, il arrivait juste, tous les deux ou trois jours, que son corps s'effondre, alors il perdait connaissance durant un moment, c'est ainsi qu'il s'endormait désormais, mais en réalité, même comme ça, il n'arrivait pas à éviter les cauchemars, et il voyait que plein de types avaient le même problème : ils gémissaient et pleuraient, ils parlaient dans leurs rêves, il y avait toujours un fou pour se mettre soudain à lancer des coups de poing et des coups de pied, comme ça, juste parce que quelqu'un s'était mis à ronfler ou avait pété ; mais au fond, ceux qui faisaient le plus peur, c'étaient les types qui dormaient comme des petits anges dès que leur tête touchait le matelas, ceux-là étaient vraiment de sacrés salauds.

Quand Milton a fini de raconter l'histoire de son enlèvement, il est resté silencieux ; après deux ou trois clopes supplémentaires, il a dit à Polo qu'il était temps, qu'ils devaient partir, qu'il le reconduirait jusqu'à Progreso. Ils sont sortis de la taquería et le garçon qui était à l'entrée est aussitôt parti en courant chercher la bagnole : c'était une camionnette immense, avec un moteur puissant qui rugissait quand Milton appuyait sur l'accélérateur, avec des phares halogènes qui faisaient fuir les chiens errants et une suspension qui permettait à l'engin de passer sans aucune difficulté par-dessus les nids-de-poule remplis d'eau croupie qui se trouvaient à l'entrée du village. La seule chose qui ternissait l'engin, c'étaient les éclaboussures de boue sèche qui maculaient la carrosserie noire, des couches successives d'herbe et de boue devenues dures et qui auraient eu besoin de quelques bons coups de brosse pour disparaître complètement, mais ça ne semblait pas importer à Milton, pas plus que l'intérieur de l'habitacle déglingué, la moquette sale et lacérée, le plancher recouvert de mégots écrasés, la crasse et les bouteilles vides. Le meilleur whisky au monde, un pur, très *pur* délice, mon vieux, a dit Milton quand Polo a pris la bouteille à ses pieds et qu'il a regardé l'étiquette en anglais, alors que la soif lui chatouillait de nouveau la gorge, aiguillonnant un mal de tête qui était à peine un battement secret. Son cousin avait accepté de lui acheter quelques bières dans une épicerie, mais il avait refusé de sortir la coke ; il a dit qu'il n'en avait pas sur lui, qu'il n'aimait pas ces trucs-là, et Polo a aussitôt pensé qu'il mentait pour ne pas avoir à partager, qu'il le traitait de nouveau comme un morveux, car Milton n'était pas du tout dans un état normal, mais il était nerveux, avec cette manière qu'il avait de se moucher sans cesse, plus pâle que jamais, avec ses yeux rêveurs enfoncés dans des cernes comme les bouledogues qu'on voit en caricature, les dents toutes jaunes à cause de la nicotine des cigarettes qu'il fumait continuellement, même quand il était au volant, comme s'il ne pouvait respirer qu'à travers le petit bout de papier jaune du filtre de ses clopes.

Polo aurait aimé que Milton éteigne la clim et qu'il baisse les vitres teintées, pas seulement parce que la fumée dans l'habitacle fermé lui piquait les yeux et que l'air glacé lui donnait la chair de poule, mais aussi pour que les petits malfrats qui se pavanaient sur la place le voient en compagnie de son cousin et le respectent un peu, mais Milton ne l'a même pas écouté quand il lui a demandé de baisser la clim. Il a conduit jusqu'au fleuve sans s'arrêter, jusqu'à sa maison ou du moins celle qui l'avait été, l'esprit ailleurs, et il s'est garé, comme d'habitude, sous le manguier, mais il n'a pas voulu descendre. Pour quoi faire ? a dit Milton. À quoi bon ? Sa copine – son ex, maintenant, a-t-il corrigé – ne voulait plus rien savoir de lui, et c'était sans doute mieux comme ça, ce n'était peut-être pas pour rien que les choses s'étaient passées ainsi, c'est ce qu'il a dit, et Polo n'a pas su quoi lui répondre. Il avait l'impression que le type qui fumait au volant à côté de lui n'était plus son cousin, qu'il n'était plus le Milton d'avant, gai et insouciant, bavard et optimiste, mais quelqu'un de complètement différent, une autre personne, qui lui ressemblait physiquement mais qui ne correspondait pas tout à fait à celui qu'il avait été par le passé. D'abord son cousin, son presque frère, ne lui aurait jamais fait la morale avec cet air sinistre de petit curé coincé. Le Milton qu'il avait connu ne lui parlait jamais comme s'il était, quoi ? son grand frère, son *père* ? Ne cède pas à la tentation, l'a-t-il mis en garde ce soir-là, ne te laisse pas emporter par l'ambition, une fois qu'on a mis le pied là-dedans, on n'arrive plus à en sortir ; ne sois pas comme ces petits crétins qui se prennent pour des gros caïds avec leurs motos et leurs radios mais qui n'ont aucune idée du bordel dans lequel ils se sont fourrés. Il lui donnait ces conseils sages et Polo écoutait, acquiesçait l'air distrait, pris de vertige rien qu'à essayer de suivre le rythme délirant de son cousin côté clopes, son estomac s'était transformé en une chaudière où la furie bouillonnait dans un silence douloureux, les bras crispés par l'envie qu'il avait d'ouvrir la portière et de se tirer de là pour arrêter d'écouter les absurdités que marmonnait cet hypocrite de Milton. Alors comme ça, il prétendait qu'il n'y avait rien de mieux que le travail honnête, et il se promenait dans cette immense camionnette de luxe, avec trois téléphones tout neufs accrochés à sa ceinture et un portefeuille rempli de billets de cinq cents que Polo avait vus quand il avait payé les tacos et les bières ! Putain, il était gonflé, le salaud ! Bien sûr que Polo ne voulait pas jouer les petits malfrats, il ne voulait rien avoir en commun avec cette bande de mouchards de pacotille qui stationnaient toujours dans le même coin, ils n'étaient que de la chair à canon, bon marché et inutile. Il était capable de trucs plus couillus, plus sophistiqués, et il avait les burnes que Milton n'avait pas, c'était évident. Qu'est-ce qu'il y avait de mal à vouloir gagner plus de thune, avoir plus de liberté et acquérir un certain sens de l'utilité, de la finalité, ce qui ressemblait le plus à un but dans la vie, au fond ? Ce crétin de Milton a cru que Polo était impressionné par les trucs qu'il avait racontés et que c'était pour ça qu'il se taisait, mais en réalité son silence était le résultat de la tristesse insupportable d'avoir à tout jamais perdu son cousin, son meilleur et son seul ami. Le mec qui lui parlait à présent, le mec qui lui faisait la morale et voulait lui donner du fric parce qu'il lui faisait de la peine n'était pas son frère de toujours, c'était quelqu'un d'autre, un autre type qui, d'ailleurs, n'en avait pas pour très longtemps dans ce milieu-là car il était trop mou, trop gentil, il réfléchissait trop, bientôt il ne vaudrait plus rien, et bien que Polo mourût d'envie de lui dire pour Zorayda, il a finalement dit au revoir à Milton sans rien lui raconter de ses propres affaires. Car finalement il était sûr, totalement sûr, ou *presque* totalement sûr, qu'il n'avait rien à voir dans la grossesse de Zorayda ; puisque *tous* savaient que sa cousine était une vraie salope, pas vrai ? C'était en tout cas ce qu'on disait d'elle, qu'elle se donnait à tous ceux qui le lui demandaient, c'est pour ça que l'enfant qu'elle attendait pouvait être de n'importe qui au village, de *n'importe qui*, en plus il n'avait jamais éjaculé en elle, pas une seule fois, il pouvait le jurer sur la tombe de son grand-père ; même la première fois il n'était pas allé jusqu'au bout en elle, cette fois où il en avait eu assez de ses tripotages à la con, de ses insinuations grossières, comme t'es devenu grand, Polito, tu te souviens quand tu étais petit et qu'on jouait tous les deux ? Alors un jour où ils étaient seuls à la maison, Polo n'a plus pu retenir la haine qu'il éprouvait pour cette fille et il a fini par la pousser contre le dossier du fauteuil du salon, il lui a baissé d'un coup son mini-short et il lui a enfoncé son piment bien dur jusqu'à la gorge, tandis que cette salope haletait et agitait ses mains sans comprendre ce qui se passait. Ça avait été la pire erreur de sa vie, la pire putain d'erreur de sa putain de vie de merde, car au lieu de se calmer, cette maudite salope, cette dégoûtante, ne le laissait plus tranquille depuis ; il avait voulu l'humilier et la blesser, mais cette cochonne était devenue accro à sa violence, alors elle voulait tout le temps le traire, comme si Polo était une vache, elle le suivait dans toute la maison en le suppliant de la baiser, de la remplir, et elle passait ses doigts habiles sur les bras et les épaules de Polo, *par ici la petite fourmi*, sur sa poitrine et sur son ventre, *elle ramasse sa petite brindille*, jusqu'au moment où il n'en pouvait plus, alors il agrippait ses bras et la pénétrait avec rage, il avait envie de passer à travers elle, puis il jouissait sur ses fesses ou sur son ventre brun, ou bien sur le sol dur du salon, mais il la privait toujours de ce lait qu'elle lui demandait, les lèvres entrouvertes. Chaque fois qu'il baisait Zorayda, il se promettait à lui-même qu'il ne le ferait plus : c'était la dernière fois qu'il la baisait, la dernière fois qu'il se laissait tenter par ce cul qui allait forcément lui attirer des problèmes, elle finirait par lui refiler une maladie dégueulasse ou pire encore ; chaque fois qu'il sortait de sa chatte mouillée qui sentait la vase, chaque fois qu'il éjaculait longuement dans sa propre main, il se jurait à lui-même que ça n'allait plus jamais se produire, peu importe ce qu'elle pourrait lui dire avec ces yeux de chatte en chaleur qu'elle avait, peu importe qu'elle lui frotte la bite à travers ses vêtements et qu'elle devienne toute dure quand elle la caressait avec sa langue ; mais malgré ses promesses, quand il s'y attendait le moins, il était déjà en train de la sauter, lui enfonçant sa bite jusqu'au fond, il la punissait, tandis qu'il pensait, consterné, que cette fois oui, *c'était* la dernière fois qu'il l'empalait, la dernière fois qu'il la baisait, maintenant oui, c'était sérieux, avant de cracher son foutre par terre et de remonter son pantalon puis de partir en courant de la maison, avec ses demandes d'emploi mal remplies, tout décoiffé et en sueur, sentant le mollusque pourri, pour aller mendier un boulot, n'importe quel taf, n'importe quel travail à la con du moment qu'il gagnait un peu de sous qui lui permettraient éventuellement de se tirer de Progreso. Voilà quel était son but dans la vie. Non pas « se surpasser », comme avait insisté sa crétine de mère, quand Polo lui avait demandé ce qu'il pouvait bien mettre dans cette case. « Se surpasser », quelle connerie, qu'est-ce que ça voulait dire ? Faire la course contre soi-même, contre un jumeau identique qui n'hésiterait pas à avancer la jambe pour le faire trébucher et rouler dans la poussière ? Non, son but dans la vie, c'était de se faire la malle, de trouver du fric et d'être libre, putain, d'être libre une bonne fois pour toutes, et ce connard de Milton qui ne voulait pas l'aider. Ce connard de Milton était maintenant dans le camp adverse, dans le camp de sa mère, qui avait accepté que Zorayda reste avec eux et qu'elle ait son enfant puisque c'était ce qu'il convenait de faire, ce qui s'imposait, et bien qu'au début elle soit sortie de ses gonds quand la gamine lui a avoué qu'elle était enceinte, elles ont fini par tomber dans les bras l'une de l'autre, faisant des projets, partageant les peines et les difficultés d'être mères célibataires, mais les enfants, en quoi était-ce leur faute, il fallait trouver le moyen de les aider dans la vie. Polo se contentait de les regarder depuis le chambranle de la porte, immobile, la frayeur l'avait rendu muet, il ne comprenait rien à ce qui était en train de se passer et plus tard, quand il a voulu parler seul avec sa mère pour lui faire entendre raison et la convaincre que le mieux serait de renvoyer sa cousine à Mina avec ses tantes, que ce soit elles qui s'occupent de la mésaventure de la fille, parce qu'il était injuste qu'ils aient à assumer les conséquences de sa vie de traînée, puisque tout le monde au village savait qu'elle était une séductrice qui s'allongeait avec n'importe qui, avec les vendeurs, les livreurs de boissons et les chauffeurs qui s'arrêtaient dans l'épicerie de doña Pacha – il n'avait pas la preuve qu'elle avait couché avec tous ces types-là, mais *sûrement* qu'elle l'avait fait, pas vrai ? *Cela devait* être vrai, puisque les gens du village le disaient –, mais quand il a voulu lui parler, sa mère ne l'a pas laissé terminer, elle ne l'a pas laissé arriver à la conclusion que *n'importe qui* au village pouvait être le père de cet enfant, elle l'a fait taire d'une tape sur la bouche, pour qui se prenait-il, comment osait-il lui dire, à elle, ce qu'elle devait faire ? Comment osait-il vouloir commander dans cette maison, tout morveux qu'il était ? Puisqu'il n'était même pas capable de trouver un travail décent, n'importe quel boulot, il n'était qu'un fainéant et un ivrogne vicieux, comme son grand-père, mais au moins son grand-père, lui, il avait travaillé du lever au coucher du soleil toute sa vie, il s'était échiné à la sueur de son front, il avait réussi à subvenir à leurs besoins, alors que Polo n'était qu'un moins que rien, un jouisseur et un panier percé. Pour qui se prenait-il, hein ? Pour qui, putain ? Puis elle lui a filé deux claques supplémentaires, avant de l'envoyer dormir par terre, dans le salon. Et un matin, deux ou trois jours après cette dispute, elle l'a réveillé très tôt, à l'aube, et elle l'a presque, *presque* traîné jusqu'au bureau de la Compagnie immobilière du Golfe, S.A. de C. V., où cet imbécile d'Urquiza, au cul plein de pisse, avait déjà préparé le contrat pour que Polo le signe et mette son âme en gage en échange d'un maigre salaire que sa mère gérait complètement, heureuse, bien sûr, car alors elle pouvait assainir ses finances, désormais il y avait suffisamment d'argent pour régler les nombreuses dettes et petits crédits qu'elle avait dû cesser de payer ; l'horrible ventre de Zorayda a continué à pousser et à pousser, et Polo se voyait obligé de rentrer le soir noyé dans l'alcool pour ne pas avoir à affronter les yeux de chatte perfide de sa cousine, des yeux qui étincelaient avec une lumière nouvelle de satisfaction et d'effronterie mêlées tandis qu'elle frottait son ventre avec de l'huile d'amande douce. Cette salope se moquait de lui quand la mère de Polo avait le dos tourné, et si son regard croisait celui de son cousin, durant de brefs instants, elle lui adressait un clin d'œil complice et souriait, heureuse d'avoir la situation en main et de pouvoir bousiller la vie de Polo, dès qu'elle en aurait envie, s'il osait lui faire faux bond : la plus petite insolence, la moindre tentative grossière, un petit doigt qu'il lèverait contre elle et elle irait *tout* raconter à la mère de Polo, car si elle tombait, il s'écraserait comme une merde avec elle, c'est comme ça, mon petit cousin ; toi, continue à bosser et à gagner un peu de sous, si tu es devenu un homme c'est bien pour ça, entendu ? C'était ce que les yeux de Zorayda semblaient dire et aucun de ses efforts, pas même la cuite la plus ignoble en compagnie de l'immonde gros porc ne pouvait y changer quoi que ce soit, ni empêcher cet horrible bidon de pousser, ni éliminer l'angoisse et le sentiment d'oppression que Polo avait chaque matin au réveil, le nœud qui lui serrait la gorge dès qu'il entendait la petite musique stridente du réveil qui venait de la chambre d'à côté, à laquelle il devait répondre immédiatement s'il ne voulait pas que sa mère fonde sur lui à coups de savates et de cris ; ses yeux étaient encore collés par le sommeil quand il sortait dans la cour, précipitamment, en caleçon, pour se diriger vers l'immense bassine qu'on remplissait chaque jour avec l'eau du puits afin de faire la vaisselle, de laver le linge et de nettoyer les toilettes. Il appuyait ses mains sur le bord rouillé, il retenait son haleine puis plongeait la tête jusqu'aux épaules dans l'eau fraîche, comme si cette bassine était la bouche d'une source d'eau claire dans laquelle Polo pouvait plonger entièrement, nager jusqu'au fond pour sortir, ensuite, de l'autre côté.

Au début, il a pensé que ce n'était qu'une connerie, rien que les délires de Franco Andrade, des fantasmes insensés que le gamin excité comme il l'était marmonnait sans avoir la moindre idée de ce qu'il disait. C'était évident que le gamin n'avait jamais été avec une femme, qu'il n'avait jamais plongé son petit biscuit sournois dans une chatte, c'est pour ça qu'il était obsédé par l'idée d'enfoncer son machin dans la seule femelle qui lui souriait et lui parlait spontanément, sans faire la grimace devant ses bourrelets et ses horribles boutons d'acné. Cette salope s'était sans doute déjà rendu compte que ce gosse lourdingue était fou d'elle, que s'il allait chez elle, ce n'était qu'afin de la regarder avec envie pour ensuite courir dans sa chambre et se branler, il se pouvait même que ça l'amuse, peut-être était-elle excitée et flattée par l'attention et l'indéniable désir de ce tonneau de graisse qui n'arrivait à penser à rien d'autre qu'à se la faire. Elle était bonne, sans conteste ; ses photos en étaient la preuve, on la voyait constamment avec sa famille dans les magazines people que les femmes de Paradaïze aimaient tant. Elle était vraiment bonne et n'importe quel mec aurait été heureux de la faire tourner dans tous les sens pour la baiser à fond, pas vrai ? Mais l'obsession du gros allait bien au-delà de la simple excitation. Allez savoir quel trésor ou merveille il espérait trouver dans la chatte de la dame ; allez savoir ce qu'il pensait qu'il allait advenir lorsqu'il finirait par lui enfoncer sa bite. Parfois Polo avait envie de lui dire qu'il n'y avait pas de quoi en faire un plat. Oui, la baise, c'était bien ; oui, on oubliait tout quand on s'affairait et on avait l'impression d'être le mec le plus puissant de l'univers, mais ça ne durait jamais assez, tôt ou tard il fallait se retirer et batailler avec tout le reste, les demandes et les ruses de la femme que tu venais d'enfourcher. Le gros ferait mieux de laisser tomber toutes ces conneries et d'aller voir une pute, une fille bien chaude qui ressemble à sa voisine et qui serait disposée à le dépuceler comme il faut en échange d'une petite somme. Mais non. Le gros ne voulait pas baiser n'importe quelle femme ; il voulait que ce soit madame Marián, épouse Maroño, et il était arrivé tout seul à la conclusion qu'il lui faudrait le faire par la force, avant que ses grands-parents ne l'emmènent à Puebla pour qu'il intègre cette académie militaire où ils pensaient le mater, juste après les vacances d'été.

Ils étaient encore une fois dans les ruines de la grande maison, assis sur les marches du perron, cette fois ils se bourraient la gueule avec de l'alcool de canne dilué dans deux briques de jus d'orange, faute de mieux. Polo, comme toujours, regardait vers l'intérieur du vestibule, là où les arbustes et les plantes grimpantes formaient une forêt en miniature sillonnée par des lucioles et ce qui semblait être une armée de grillons. L'alcool de canne tapait fort sur sa tête et soulignait l'éclat de la lumière qui émanait des insectes, son champ visuel se remplissait de petites taches brillantes qui, par moments, l'éblouissaient et faisaient battre son cœur de manière effrénée. Il savait bien qu'il n'y avait rien dans ces ruines, rien qui puisse lui faire vraiment du mal, mais il percevait les restes d'un vieux courant d'énergie qui le faisait énormément transpirer, secouer les jambes sans rythme et tressaillir chaque fois que le tonnerre grondait au loin, tandis qu'il feignait d'écouter les idioties du gros, qui parlait de manière frénétique de sa toute dernière incursion chez les Maroño. Est-ce que Polo savait que la dame avait des jouets tout au fond d'un tiroir de son armoire, des jouets sexuels ? Le gros posait la question avec un sourire idiot, essuyant sa propre bave avec le dos de sa main, tandis que Polo se demandait ce qu'il faisait là, pourquoi il ne se levait pas pour s'en aller ; mais quelle importance d'être ici ou ailleurs, puisque le monde entier était contre lui, les choses ne pouvaient qu'empirer, même un demi-litre d'alcool de canne ne parvenait pas à noyer ses pensées tristes à propos de l'enfant, qui à cet instant même était en train de flotter dans le liquide opaque et jaunâtre qui remplissait les entrailles de Zorayda. Qu'est-ce qui allait se passer quand cette chose naîtrait, dans quelques mois ? Qu'est-ce que Polo allait faire si sa salope de cousine décidait de le rendre responsable, lui, de son malheur, lui collant ce gosse qui pouvait être celui de n'importe qui au village, pour ce qu'il en savait ? Comment allait-il faire pour convaincre sa mère que c'était de leur faute à elles deux : à sa mère pour avoir installé chez elle, contre la volonté de Polo, cette marie-couche-toi-là pervertie, cette araignée prédatrice, et à Zorayda, surtout, pour s'être collée à lui quand ils étaient seuls, le provoquant avec ses petits jeux à la con, avec ses niaiseries ? Il faudrait qu'il se taille avant que tout n'éclate, mais comment, et avec quel argent ? S'il pouvait entrer chez les Maroño comme le gros, il ne perdrait pas son temps à regarder les culottes et les photos de la femme du temps où elle était gamine, putain. Lui, il mettrait la main sur les bijoux et les montres, les consoles et les écrans, et il partirait aussitôt à la recherche de Milton. Et pas seulement ça, s'il savait conduire, comme ce gros baveux, il prendrait aussi le Grand Cherokee blanc et irait tout droit à la décharge qui appartenait autrefois au beau-frère de son cousin et qui maintenant était à *ces gens-là* ; il leur filerait la bagnole comme ça, pour gagner leur confiance, pour qu'ils voient que Polo était disposé à se donner pour eux, à se battre et à accepter tout ce qu'ils lui demanderaient, Milton leur confirmerait ainsi la noblesse et la droiture qui étaient les siennes, et même cette femme, celle qu'on appelait la *licenciada*, serait impressionnée, elle lui donnerait une chance pour faire ses preuves et il n'aurait plus jamais besoin de retourner chez lui ni à Progreso.

Tout cela l'a fait sourire et lever les yeux au moment où le gros souriait lui aussi, après avoir dit allez savoir quelle connerie que Polo n'a pas entendue : quelque chose, il ne savait pas bien comment l'expliquer, quelque chose comme un courant, quoique souterrain, un truc palpitant, vivant mais qui n'avait pas de nom les a momentanément unis dans l'obscurité de cet arc couvert de plantes grimpantes. Toi, tu ferais quoi ? lui a demandé le porc, avec la voix cristalline et aiguë d'une fillette. Qu'est-ce que tu ferais, toi, pour la convaincre ? Polo a pensé au cul de Zorayda, au cul rond et brun de sa cousine, collé à son aine tandis que lui croyait la violer, et il a haussé les épaules. Elle ne se donnera jamais spontanément, elle te prend pour un gamin, tu es son larbin. Peut-être que le truc, ce n'est pas de la convaincre, pas vrai ? a dit ce porc, après avoir réfléchi un instant. Le truc, c'est peut-être de l'y obliger. Pour finir en taule, et te faire enculer par une tripotée de bandits, lui a lancé Polo. Tu sais ce qu'on fait aux violeurs là-dedans ? Œil pour œil, cul pour cul. Mais je suis mineur et mon père est avocat, et un avocat costaud ; il ne laisserait personne me coffrer, ça, c'est pour les mecs méchants, comme il dit. Même si ton vieux a des relations, même s'il lâche du pognon, tu ne vois pas que son mari à elle passe à la télé ? lui a lancé Polo. Tu crois que Maroño va te laisser faire ? Tu crois qu'il va rester les bras croisés, à regarder comment tu enfonces ta bite dans sa femme ? Mais si personne ne sait que c'est moi qui l'ai fait, a dit le gros, et Polo a éclaté de rire. Mec, lui a-t-il dit en s'étouffant avec la fumée de sa cigarette, arrête de dire des conneries, impossible de se tromper : gros, à la peau blanche, avec une voix aiguë, déconne pas. Le porc est resté silencieux, avec ce sourire tellement obscène qu'il avait, ouvert sur ses grandes dents blanches, immenses, carrées, qui dans l'obscurité à peine éclairée par la lumière vacillante de la lanterne, semblait être le sourire d'un chat magique et exaspérant que Polo avait vu une fois dans un dessin animé. Si je la tue après ça, elle ne va pas pouvoir m'accuser auprès de qui que ce soit, qu'il a dit, à voix basse. Polo a secoué la tête. De toute façon, tu vas te faire prendre. La police va arriver et elle va poser des questions. Tu crois que le mari et les gamins ne se rendent pas compte de la façon dont tu la regardes, comme si elle était la merveille des merveilles ? Tu crois que le mec ne va pas dire : je suis sûr que c'est ce gros branleur, qui passe son temps fourré ici ? Alors je tue le mec, putain, a dit le gros, dans un élan de colère, le premier que Polo a vu chez lui. Je les tue tous, pour qu'on croie à une autre histoire ! Un cambriolage ! Une vengeance ! Ou, alors, je sais : on les découpe en morceaux pour qu'ils croient que c'est les narcos qui l'ont fait !

Au début, Polo a pensé que ce n'était que des conneries, mais à partir de cette nuit-là, une de ces nombreuses nuits où ils se sont bourré la gueule pour finir par vomir sur les marches en pierre, il s'est rendu compte que le gros parlait sérieusement, au point d'intégrer Polo dans ses plans sans même lui avoir demandé s'il était d'accord. Pourquoi lui faisait-il confiance ? Pourquoi il lui racontait tout ça ? Il pensait vraiment qu'ils étaient amis ? N'était-ce pas plutôt un piège, un guet-apens que ce porc était en train de monter pour l'accuser avec le poignard d'Urquiza ? Qu'est-ce qu'il avait dans la tête, ce blanc-bec à la noix, cet enfant gâté qui ne manquait de rien et que tout le monde protégeait ? Il ne travaillait pas, il ne faisait pas d'études, il ne bougeait pas le petit doigt pour construire son avenir car tôt ou tard ses grands-parents lui en achèteraient un, quel qu'en soit le prix. Pourquoi est-ce qu'un gars comme ça voudrait tout envoyer valser pour enfoncer sa bite dans cette maudite chienne et lui dire qu'il l'aimait ? Il fallait qu'il soit complètement fou, mais fou à lier, et Polo l'était aussi, complètement, de ne pas l'envoyer promener une bonne fois pour toutes, d'avoir passé tant d'heures à l'écouter comme un hypocrite et à rire de ses conneries en l'encourageant, même si c'était que pour boire gratis et ne pas voir la tronche – et le ventre – de cette peste de Zorayda, ni avoir à supporter les idioties qu'aboyait sa mère. Telle avait été son erreur, la nouvelle erreur qu'il avait commise dans sa vie, allait-il leur dire : penser que ce n'était que des foutaises, de l'esbroufe, et ne pas s'être tiré de là, ne pas avoir arrêté de fréquenter le gros quand ce salaud a déniché le flingue.

Il était à son grand-père : un pétard noir, massif, un Glock 19, avait dit ce porc, un *bijou*. Le vieux aimait les armes ; il avait aussi un revolver, mais il préférait son Glock car il était beaucoup plus précis et aussi plus léger. Fais voir, avait dit Polo quand le gros l'a sorti de sa poche ; il voulait le toucher mais ce truc-là avait l'air d'être un jouet, que du plastique noir, mat ; ce gamin idiot était sans doute en train de se foutre de lui, et s'il appuyait sur la détente, il verrait probablement sortir la flamme d'un briquet, ou un petit jet d'eau. Mais le porc faisait l'imbécile, comme s'il ne l'écoutait pas, et il ne laissait pas Polo voir l'arme correctement, il faisait trop noir sur les marches et le pistolet était une ombre dans ses petites mains qui ressemblaient à des tamales. Ce con a même essayé de le faire tourner autour de son index, comme font les gardiens de bétail dans les films, mais il n'a pas su faire et le pistolet lui a échappé pour tomber sur la pierre grise. Attention ducon ! a crié Polo, en sautant de la marche sur laquelle il était assis. Le gros a éclaté de rire. Il n'est pas chargé, crétin, le gros se moquait tandis qu'il se baissait pour ramasser l'arme. Et si le coup partait tout seul, idiot, disait Polo, à deux mètres de lui. Calme-toi, regarde, il n'y a pas de balles, lui a expliqué le gros, faisant tourner et claquer le chargeur plusieurs fois pour lui montrer qu'il était bien vide, mais Polo était trop loin pour voir quoi que ce soit. Je vais piquer des munitions à mon grand-père pour qu'on l'essaye. L'autre jour, il m'a appris à tirer. Il m'a emmené sur un terrain, sur la plage, et on a passé un bon moment à tirer sur des bouteilles. C'est bien d'essayer de loin, mais de près, il faut faire gaffe. Il s'est raclé la gorge nerveusement, puis il s'est essuyé la bouche avec le dos de la main dans laquelle il avait l'arme.

Polo s'est approché de nouveau, méfiant. Il continuait à se dire que tout cela n'était qu'une plaisanterie, que le pistolet était un faux et que le gros le faisait marcher. Il n'imaginait pas le grand-père de Franco – un vieux bonhomme, rance et voûté, sec comme un bout de bois, avec quelques cheveux gris qui se battaient en duel sur son crâne – utilisant une arme, c'était risible. Il avait plutôt l'air de ces vieux qui collectionnent des pièces de monnaie anciennes, ou ces billets qui ne valent rien du tout, ou encore des papillons épinglés sur des bouts de carton, tout sauf des couteaux et des pistolets. Montre, a-t-il demandé de nouveau au gros, en avançant sa main. Le gros a souri et a pointé l'arme sur son visage. Putain, vise pas, fils de pute ! a crié Polo. Tu as peur, pas vrai ? riait le gros porc. Tu as peur de mon pistolet ? C'est ta connerie qui me fait peur, a marmonné Polo, les mains levées. Le gros a fini par céder, il s'est levé de la marche sur laquelle il était assis ; il a pris le pistolet par le canon et a tendu la crosse à Polo. Il n'était pas lourd du tout. Dans le noir, entouré par le chœur fébrile des bestioles de la mangrove, il a eu envie de faire des bêtises : il a pris l'arme dans ses mains, comme font les flics dans les films, il a visé le gros au niveau du ventre et il a appuyé sur la détente. POUM, a-t-il crié, mais le gros n'a même pas bougé. Ne tire pas à sec, couillon, tu vas l'abîmer. Il fait beaucoup de bruit ? a demandé Polo. Le gros porc a haussé les épaules, ou c'est ce qui lui a semblé, dans la pénombre. Léger, a-t-il dit. Léger ? Comment ça, léger ? Arrête de déconner. On peut lui mettre un oreiller dessus, a suggéré le gros, en guise de silencieux, ou un de ces gants de cuisine qui font manique, je l'ai lu sur internet. Quelle connerie, a répondu Polo, et il a de nouveau appuyé sur la détente, POUM ! prends ça, gros porc de mes deux, meurs, maudit, meurs. Bon, allez, rends-le-moi, a dit le gros, tu deviens nerveux. Nerveux, mon cul, lui a répondu Polo, avec un immense sourire de satisfaction, mais il a fini par lui rendre le pistolet. Il n'a réalisé que ses mains tremblaient que lorsqu'il a porté le récipient avec l'alcool de canne à sa bouche. Il a allumé une cigarette et s'est mis à secouer des cendres inexistantes pour cacher sa nervosité. Le gros a pris soin de mettre le pistolet en sécurité avant d'enfoncer le canon dans la ceinture serrée de son bermuda. On se sent couillu avec ça, a-t-il soupiré. Avec un peu de chance tu vas te faire exploser les couilles, a répondu Polo, et il s'est tordu de rire. Pour la première fois, il a senti qu'il pouvait dire à ce porc ce qu'il pensait vraiment, et c'était libérateur. Le gros l'a regardé, étonné, mais quelques instants après il riait avec ce rire qu'il avait, aigu et ridicule, qui n'a fait qu'accroître l'hilarité de Polo, jusqu'à ce que tous les deux finissent allongés sur les feuilles qui pourrissaient sur les marches, alors que leurs rires hystériques rebondissaient sur les murs crasseux des ruines.

C'est très simple, a dit le gros, quand ils ont enfin réussi à se calmer. On pénètre chez eux, on se jette sur le mec, on le bâillonne, on bâillonne les gosses et on oblige la daronne à se dépoiler. Moi je m'en fous qu'elle se dépoile, a dit Polo, même si une partie de lui avait la curiosité de voir le corps de la dame tout nu, mais rien que pour s'ôter d'un doute, par pure curiosité et non par désir. Bon, moi je me charge de ça, et pendant ce temps, toi, tu embarques ce que tu veux, a poursuivi le gros. Polo n'a rien dit. Il a continué à boire jusqu'à ce que le goût puissant de la canne devienne insipide et que le bruissement de la pluie autour d'eux ainsi que le murmure qui provenait de la grande maison dans son dos – des lézards se traînant dans les broussailles, sans doute, ou peut-être un crabe bleu excité par la pleine lune – s'évanouissent. La seule chose qu'il pouvait alors entendre, c'était la voix du porc, parlant à la limite du murmure, comme s'il craignait que quelqu'un puisse écouter ce qu'ils disaient au milieu de cette jungle, et soudain il s'est demandé à lui-même : Pourquoi pas ? Pourquoi pas, putain ? Plus rien n'avait de sens, tout lui était égal. Au fond, qu'est-ce qu'il en avait à foutre de ce qui pouvait arriver à cette femme et à son insupportable famille, ce ramassis de petits coqs qui croyaient tout mériter. C'était peut-être là sa chance pour se tirer de Progreso, de la maison de sa mère, des griffes de Zorayda et de ce boulot de merde qui n'était à ses yeux que l'ascension laborieuse d'une côte interminable. Le gros s'occuperait de tout : il connaissait les habitudes du couple, des gamins, même de Griselda, la femme de ménage, qui tous les dimanches quittait Progreso pour n'y revenir que le lundi matin, tôt. Le gros savait qu'il fallait les surprendre quand ils seraient déjà au lit, au petit matin, entrer par la porte de la cuisine qu'ils laissaient toujours ouverte, les menacer puis les attacher, laisser le gros faire ses cochonneries puis prendre tout ce qu'ils pourraient ; le truc, c'était de faire semblant que ce soit l'œuvre de voleurs, des cambrioleurs professionnels et sans pitié. Ils fourreraient tout dans la camionnette de la dame et ils quitteraient le lotissement par la porte des résidents, qui s'ouvrirait automatiquement car personne ne pourrait voir qui était au volant s'ils portaient des cagoules pour couvrir leurs visages, et de toute façon, s'ils le faisaient cette semaine-là, dès le premier dimanche, il n'y aurait pas d'embrouilles avec le gardien car c'était le tour de Rosalío de surveiller la nuit, or c'était vraiment un couillon qui se foutait de tout et s'endormait avant minuit.

Cette nuit-là et celles qui ont suivi, Polo n'a presque pas pu dormir, malgré le demi-litre d'alcool de canne qu'ils buvaient à présent chaque jour sur le perron de la grande maison abandonnée et la fatigue écrasante qu'il sentait à tout moment. Il aurait aimé dormir deux jours de suite, sans discontinuer, mais chaque fois qu'il se couchait sur sa paillasse, au milieu de ses plaintes, son cœur se mettait à palpiter et son esprit semblait incapable de cesser de tourner autour des mêmes pensées, noires et assourdissantes et tellement différentes les unes des autres qu'il prenait des heures à y mettre un peu d'ordre : les bijoux de la femme, les montres du mari, les consoles de jeu, les écrans qu'il y avait partout dans la maison, d'après le gros ; le Grand Cherokee blanc, la cabane de gardiennage, seule au milieu de la nuit, le quai inutile, les grosses branches sinueuses du ficus, le fleuve noir qui coulait, indifférent à tout, les lumières du pont tremblant dans le courant, le visage pâle et cerné de Milton, son sourire quand il le verrait débarquer à bord de cette camionnette toute neuve, blanche comme la neige. Mais à aucun moment, pas un instant, leur dirait-il, jamais au grand jamais l'image de lui-même faisant du mal aux Maroño ne lui avait traversé l'esprit. Il n'avait rien contre ces gens et il ne pensait pas tuer qui que ce soit, il ne pensait violer personne ; tout ça, c'était les plans de ce gros obsédé. Personne ne pourrait accuser Polo d'autre chose que de vol, et au moment même où on lui poserait la question il dirait la pure vérité : que tout avait été la faute du gros et de ce désir fou qui lui bouffait le cerveau, putain. Sa famille avait suffisamment d'argent pour se débarrasser des enquêteurs, pour envoyer le gamin à l'étranger s'il le fallait, et acheter le silence de la moitié du pays, des privilèges que Polo n'avait pas : si sa mère venait à l'apprendre, elle le remettrait elle-même aux autorités, c'est pour ça qu'il fallait faire gaffe, avoir chaque détail en tête de manière précise, ne rien laisser au hasard, et surtout, ne pas faire confiance aux plans du gros. Si l'affaire tournait mal, si quelque chose foirait, il fallait qu'il soit prêt à faire machine arrière et à quitter le lotissement à pied, en fuyant par le quai, ou en plongeant si besoin dans le fleuve. Car, de toute façon, combien de temps pouvait-il mettre pour rejoindre l'autre rive à la nage ? Vingt minutes, peut-être ? Une demi-heure ? Ça faisait des mois qu'il ne l'avait pas fait, des mois qu'il ne piquait pas une tête dans le fleuve pour se rafraîchir un peu, mais ça ne devait pas représenter plus de soixante-dix mètres, quatre-vingts tout au plus, pour nager jusqu'à l'autre rive, même s'il fallait prendre en compte le fait que le courant à cet endroit était souvent traître, si près du coude qui menait à l'eau ouverte de l'estuaire. On ne pouvait jamais se fier au calme trompeur qui régnait à la surface, encore moins durant la saison des pluies, lorsque même le type le plus habile pouvait se noyer en un rien de temps s'il restait coincé dans les branches d'un arbre traîné par le courant, surtout s'il s'aventurait seul dans le fleuve, la nuit, avec un sentiment de culpabilité à ses trousses. Mais quelle culpabilité ? Il ne pensait tuer personne, il ne pensait à aucune forme de violence ; il se contenterait de rassembler les affaires dans la camionnette puis il les offrirait à Milton, pour qu'il lui vienne en aide.

Il lui apporterait le Grand Cherokee et tout ce qu'il mettrait dedans, il lui offrirait la vie du gros, si besoin ; sa famille avait plein de pognon et *ces gens-là* pourraient demander une rançon assez juteuse en échange du gamin ; il leur donnerait tout ça, il ne voulait aucune forme de rémunération ni de prêt, son cousin pouvait garder les bénéfices pour lui, vraiment, ça n'avait aucune importance. Polo voulait seulement que son cousin, son parent qui était presque du même sang, lui donne un coup de main. Il ne pourrait pas refuser, ce genre de choses toucheraient Milton. Il ne lui demandait pas tant, pas vrai ? Seulement qu'il soit disponible pour lui, juste un moment, c'est pour ça qu'il devait parler avec Milton, pour lui expliquer que son désir n'était pas de devenir un petit malfrat, ni un homme de main, ni un assassin, il ne voulait aucune fonction précise dans l'organisation ; il ne voulait entrer au service de personne, mais il était disposé à bosser un certain temps pour se tirer de cette situation difficile qu'il vivait depuis la mort de son grand-père, juste ça ; il verrait par la suite comment reprendre sa liberté, dans quelle direction partir, il aurait bien une idée, après tout ça, lorsque le gros aurait fait ce qu'il avait à faire, si l'entreprise était vraiment sérieuse et que cette tantouze ne se dégonflait pas, mais il ne voulait pas *trop* penser à ça, la femme, les gamins, ce crâne chauve imbu de lui-même qui agissait toujours comme si Polo était invisible, sauf quand il voulait qu'il ramasse la merde que les chiens laissaient devant chez lui. Il ne voulait pas penser à eux, il ne voulait rien imaginer de ce qui pourrait arriver, il voulait seulement se concentrer sur le visage étonné qu'aurait Milton lorsque Polo descendrait du Grand Cherokee pour lui remettre les clés, c'est pour ça que depuis plusieurs jours, il essayait de contacter son cousin sur le numéro de portable qu'il lui avait laissé la dernière fois qu'ils s'étaient parlé, mais comme il tombait toujours sur sa boîte vocale, il avait claqué tout son crédit en messages, le priant de le rappeler, ce qui avait fini par avoir lieu vendredi midi, au moment où Polo s'y attendait le moins, alors qu'il était accroupi dans une position ridicule, au milieu de la grande plaine qui séparait le parc de Paradaïze du secteur de la piscine, les yeux rivés sur un stupide monticule de terre meuble qu'une taupe pressée avait déterré le matin même, fendant le manteau impeccable du gazon anglais qui recouvrait les jardins. À moins de trois mètres sur sa droite, il y avait un second trou où l'on pouvait distinguer les petites griffes de la bestiole profanatrice qu'Urquiza lui avait demandé d'éliminer sans aucune forme de clémence. Bête comme il était, l'administrateur avait imaginé un plan délirant que son subordonné était obligé de mettre en application. Cet imbécile voulait que Polo noie le terrier de la taupe : il devait placer un tuyau d'arrosage ouvert à l'intérieur d'un des deux trous et, pendant ce temps, attendre à l'autre extrémité, une machette à la main, afin de surprendre l'infâme bestiole lorsqu'elle sortirait pour fuir son terrier inondé. Polo était tellement fatigué qu'il n'avait même pas pris la peine d'expliquer à Urquiza que son idée n'allait pas marcher du tout : toutes les nuits, un déluge tombait sur cette même prairie, les taupes avaient l'habitude, d'ailleurs, elles adoraient la boue. La seule chose qui pouvait les éliminer, c'était une bonne dose de mort-aux-rats, mais il savait qu'Urquiza refuserait catégoriquement d'utiliser tout type de produit chimique : on se liguerait contre lui si un des nombreux animaux de compagnie de la résidence venait à mourir ou était intoxiqué. Il était préférable de se taire, d'économiser son énergie et d'appliquer le plan de son patron, même s'il était complètement crétin. Alors Polo était là, suant à grosses gouttes sous l'impitoyable soleil du mois de juillet, accroupi devant le monticule de terre brassée, la casquette en arrière et sa machette prête, tel un samouraï agricole attendant l'attaque, ou plutôt comme un paysan absurde digne d'un dessin animé et qui ne tarderait pas à se prendre une tôle. Et voilà que soudain, il a eu l'impression que le téléphone qu'il avait dans la poche de sa salopette vibrait. Il a posé la machette pour voir l'écran du portable. Numéro inconnu. À tous les coups, c'était Milton. Alors mec, comment ça va ! C'était son cousin, son presque frère, qui le saluait de sa voix joviale. Il l'appelait vite fait, lui expliquait-il, profitant de quelques minutes qu'il avait pour parler avec son frérot ; il avait eu ses messages mais n'avait pas eu l'occasion de lui répondre, il était sous pression, les choses craignaient encore plus que d'habitude, il pouvait l'imaginer, il fallait qu'il fasse le taf d'une manière ou d'une autre, continuer, gagner la confiance de *ces gens-là*, car putain, il n'avait pas le choix, il riait nerveusement et en bruit de fond on entendait un talkie-walkie. Polo s'était levé et marchait distraitement dans le jardin, le portable collé à l'oreille pour ne pas perdre un seul mot, les yeux rivés sur l'herbe éclatante, sans se rendre compte que ses pas le conduisaient à la rue principale du lotissement, il avait oublié sa machette et le tuyau d'arrosage à côté du terrier. Son cousin n'arrêtait pas d'enchaîner des phrases sans lien les unes avec les autres, et à un moment Polo a eu l'impression qu'il était déjà sur le point de raccrocher alors il s'est dépêché de l'interrompre : il avait besoin d'un coup de main de sa part, et tout de suite, tout de suite, vraiment, il ne pouvait pas continuer à Progreso pas plus que dans ce boulot de merde où on l'exploitait, cousin, en plus il s'était passé quelque chose chez lui, une embrouille avec Zorayda, il ne pouvait pas lui expliquer maintenant, il ne saurait même pas par où commencer, mais il voulait que Milton le présente à *ces gens-là*, qu'il le recommande, ils étaient frères, putain, *frères*, Milton, et putain, je ne vais pas te décevoir, en mémoire du grand-père, il serait à la hauteur, il ferait tout ce qu'on lui demanderait de faire, quoi qu'on lui demande ; il n'était plus le gamin chétif de la dernière fois où ils s'étaient vus, il n'avait plus des bras de demoiselle, comme on lui avait tellement dit pour se moquer de lui ; il était devenu costaud, grâce au boulot qu'il faisait dans le lotissement, on pouvait lui demander de porter des choses lourdes, si besoin, il ferait tout ce que Milton voudrait, mais c'était urgent qu'il l'aide, c'était une affaire de vie ou de mort que de sortir de là, et il a continué comme ça, à bafouiller des suppliques jusqu'à ce que Milton lui coupe la parole, cassant, avec un soupir agacé, et : Putain, on avait déjà parlé de ça, je peux pas, s'il te plaît, me le demande pas, et Polo a roulé des yeux tandis que cet hypocrite de Milton lui faisait le même sermon que la fois précédente à propos du travail honnête et de la chair à canon, et l'envie de mourir que lui inspirait ce boulot, suivi d'un bref silence qui a soudain été rompu par la voix du cousin murmurant loin du combiné, il parlait sûrement dans un talkie-walkie, alors il y a eu des bruits parasites, les mots soudain étaient entrecoupés, et Polo a eu envie de lancer son téléphone très loin, de l'envoyer en l'air contre les pavés de la chaussée, mais Milton a repris le combiné, soupirant, exaspéré : Écoute, Polo, lui a-t-il dit, alors qu'il ne l'appelait jamais comme ça – toujours mec, gars, mon vieux – attends deux secondes, tu veux ? je te rappelle tout de suite, d'accord ? Puis il a raccroché sans un mot de plus, sans attendre la réponse de Polo, qui est resté là, debout, le téléphone dans la main, à la lisière du jardin, les yeux humides, humilié dans son impuissance. Une camionnette blanche est passée près de lui, les silhouettes des passagers n'étaient pas du tout visibles derrière la vitre fumée, si ce n'était un petit visage pâle et joufflu collé à la vitre arrière, figé dans une grimace moqueuse : Micky Maroño tirait la langue, embuant la vitre avec son haleine chaude.

Le samedi matin, il s'est réveillé avant que ne retentisse l'horripilante petite musique du réveil. Une soif irrépressible le poussait à se lever, le tirait avec ses fils invisibles. Il avait envie de se prendre quelques bières, mais il n'avait pas un centime sur lui, du coup il a fait semblant de s'intéresser au bavardage matinal de sa mère pour voir s'il parvenait à lui soutirer ne serait-ce qu'un billet de cinquante pesos, sous prétexte de prendre quelque chose pour déjeuner à l'épicerie. Ce matin-là, Zorayda avait sa visite médicale, racontait sa mère tout en mélangeant son café sucré avec une petite cuillère en étain. Elle profiterait de sa journée de congé pour l'accompagner à la clinique, peut-être qu'on arriverait à connaître le sexe de l'enfant. Zorayda mordillait une empanada toute sèche et souriait d'un air placide, la main posée au sommet de son gros bidon. Pourquoi souriait-elle autant ces derniers temps ? Pourquoi se tartinait-elle le ventre à longueur de journée, surtout quand elle était en présence de Polo ? Elle ne le cherchait plus quand ils étaient seuls, elle ne se collait plus à lui quand ils étaient l'un à côté de l'autre dans le couloir, elle n'essayait plus de lui faire des chatouilles sur les bras, *par ici la petite fourmi*... C'était comme si l'enfant suffisait à la remplir complètement et allumait, de l'intérieur, ses yeux de chatte avec un nouvel éclat, étincelant d'effronterie, d'insolence, auquel Polo était incapable de faire face, c'est pour ça qu'il faisait semblant de compter des miettes sur la toile cirée de la table.

Ce jour-là, le gros n'est pas venu le chercher, et Polo a pensé, avec un soulagement teinté d'amertume, qu'il avait renoncé. Il a traîné dans le lotissement jusqu'à huit heures du soir, mais rien, ce maudit porc ne s'est même pas montré à la fenêtre. Rosalío, le gardien de nuit, est resté à le regarder tandis qu'il enlevait sa salopette pour enfiler une tenue de ville. Ben, quoi ? lui a lancé Polo, je te plais ? Rosalío l'a regardé des pieds à la tête puis il a passé sa langue sur ses moustaches inégales. Qu'est-ce que tu dis, gamin ? Une petite bière ? a-t-il suggéré. Si tu m'invites, a dit Polo, feignant l'indifférence. De toute façon, il était préférable de boire avec ce misérable que d'arriver chez lui pour apprendre des choses qu'il n'avait pas envie de savoir. Sur son vélo, il est descendu jusqu'à l'épicerie avec quelques bouteilles vides glissées dans son sac à dos, il a payé à l'employé les nouvelles bières avec le billet que Rosalío lui avait donné, puis il est sorti dans la rue, mais avant de remonter sur son vélo, il a décidé de revenir sur ses pas pour s'acheter un quart d'alcool de canne avec l'argent qui lui restait et les pièces qu'il avait réussi à soutirer à sa mère. L'employé qui le servait toujours, un grand gars aux cheveux pleins de pellicules, n'était plus devant le comptoir, à la place, c'était une vieille, grosse et aux cheveux raides, une femme qui l'emmerdait toujours, chaque fois qu'elle en avait l'occasion. Avec réticence, il lui a demandé un quart d'alcool de canne et cette salope a refusé de le lui vendre à moins qu'il ne montre sa carte d'électeur. Polo a eu envie de l'envoyer chier et de faire valser tous les présentoirs de bonbons qu'il y avait à côté de la caisse, mais, par chance, il s'est retenu à temps et s'est contenté d'afficher un sourire moqueur – car en sortant dans la rue il est tombé sur une camionnette pleine de fusiliers marins qui étaient en train de se garer devant l'épicerie. Il s'est éloigné sur son vélo, les fesses serrées, enveloppé par les lumières rouges et bleues des gyrophares, des lumières intermittentes qui semblaient crier *danger, fais gaffe.* Les bières qu'il avait achetées, bien sûr, n'ont pas duré bien longtemps tant il faisait chaud à l'intérieur de la cabane. Rosalío, en bon alcoolique, a commencé à s'enivrer dès les premières gorgées et s'est mis à raconter à Polo l'histoire de sa vie, d'une voix que l'alcool rendait rocailleuse, un monologue décousu truffé de silences chancelants et de raclements de gorge rauques qui prétendaient remplir de sens les quelques mots compréhensibles que le vieux marmonnait, avant de s'endormir, la tête enfoncée dans ses bras croisés sur le dossier de la chaise. Polo en a profité pour observer attentivement l'écran avec la mosaïque d'images captées par les différentes caméras du lotissement. Ça faisait sans doute longtemps qu'on n'avait pas nettoyé les caméras, peut-être que la résolution en noir et blanc n'était pas très bonne, en tout cas, chaque fois qu'une voiture s'arrêtait devant la barrière en attendant qu'elle s'ouvre automatiquement, Polo n'arrivait pas à distinguer les traits de la personne au volant. Le gros avait raison.

Quand il est arrivé chez lui, il a été surpris de trouver sa mère encore réveillée, elle regardait un film sur sa télé posée sur la commode en face du lit, le son était très bas pour ne pas réveiller Zorayda, qui dormait tranquillement, recroquevillée dans le lit contigu, celui que Polo avait l'habitude d'occuper avant qu'elle ne le lui pique. L'air du ventilateur faisait remuer les cheveux dénoués de sa cousine, et si ce n'était son ventre immense, qui tendait le tissu du tee-shirt qui lui tenait lieu de pyjama, Polo aurait pensé que cette jeune fille au visage paisible qui suçait son pouce en dormant était toujours la petite de douze ans qu'il avait connue durant son maudit voyage à Mina. Sa mère, couchée au milieu des coussins, les cheveux encore humides après sa douche du soir, mangeait des cacahuètes qu'elle prenait dans un immense sac posé sur son ventre ; le sac crissait chaque fois qu'elle y plongeait la main, mais le bruit ne réveillait pas Zorayda. Il les a longuement contemplées depuis le seuil plongé dans l'ombre, jusqu'à ce que sa mère perçoive sa présence et sursaute puis, chose étrange, au lieu de lui crier dessus et de lui demander pourquoi il arrivait si tard, elle l'a invité à passer dans sa chambre et à rester un moment avec elle, comme au bon vieux temps, quand ils regardaient ensemble la télé, le soir, l'un à côté de l'autre, chacun dans son lit. Polo a hésité un instant, mais il a fini par entrer et s'installer au bord du matelas de sa mère, loin de la trajectoire du ventilateur, pour ne pas l'indisposer avec ses relents de sueur et de bière rance. À l'écran, on voyait une scène d'amour : dans ce qui semblait être la chambre d'une jeune fille, un garçon blond et élancé, aux traits clairement européens, et une jeune femme aussi pâle que lui, avec de grandes boucles couleur châtain, s'embrassaient chastement tandis qu'un chanteur fantomatique, à la voix mielleuse et affectée, égrenait, sur un air lointain de guitare, les émotions qu'un homme éprouve quand il voit pour la première fois celle dont il sait qu'un jour elle sera sa bien-aimée, comparant l'expérience au surgissement glorieux du soleil derrière un paysage gris et dévasté, au vol d'un papillon dont les ailes sont couvertes de bijoux nacrés, et même au frémissement de la terre lors d'un séisme de grande intensité. Puis la voix du chanteur s'est évanouie pour laisser place aux tendres mots d'amour que le couple échangeait dans leur étreinte, jusqu'au moment où, dans l'encadrement de la porte, on a vu apparaître un homme mûr avec de grandes rouflaquettes. Le couple s'est séparé et le jeune homme blond a été obligé de quitter la scène sous les cris, tandis que la jeune femme aux cheveux bouclés, le visage soudain parcouru de larmes, s'effondrait sur le lit et pleurait, la tête enfouie dans un coussin couleur milk-shake à la fraise. Le volume du générique, sans paroles cette fois mais aux accents plutôt contrits et funestes, a augmenté avant de s'éteindre dans un fondu au noir suivi d'une publicité pour des serviettes hygiéniques. Alors sa mère a lâché un grognement moqueur puis elle a fait un commentaire que Polo n'a pas bien entendu, mais qui lui a servi de prétexte pour se lever et annoncer son départ. Qu'est-ce que t'as, mon chéri ? lui a demandé sa mère. Fatigué ? Polo a acquiescé. Je vais me coucher. Sa mère gardait les yeux sur l'écran et mâchait bruyamment.

D'accord, a-t-elle répondu, la bouche pleine. Polo est allé dans le salon, il s'est déshabillé et allongé sur la paillasse imprégnée de ses propres humeurs, s'endormant difficilement. Cette nuit-là, il n'a pas plu, mais un vent furieux s'est soudain levé sur la côte et a passé une bonne partie du matin à fouetter les fenêtres et les portes, secouées dans leurs encadrements, ce qui donnait l'impression à Polo que quelqu'un – peut-être son grand-père sorti de sa tombe, a-t-il pensé à un moment, au petit matin, de manière confuse – voulait pénétrer de force dans leur demeure. Quand le réveil de sa mère a sonné, il a eu l'impression qu'il n'avait pu dormir qu'une demi-heure. Il s'est étiré sur sa paillasse et a effectué un inventaire minutieux de tout ce qui n'allait pas : il avait mal à la tête et à la gorge, mal aux pieds, mal aux genoux, il avait une vague sensation de nausée et se sentait anormalement lourd, il était comme cloué au sol, seuls les cris de sa mère lui ont permis d'émerger : Encore une fois, tu vas être en retard, fainéant ! Tu te prends pour qui, putain ?

Il a passé toute la matinée du dimanche d'une humeur de chien. À l'heure du repas, il est descendu jusqu'à l'épicerie, il s'est acheté un Coca et l'a bu sous l'écriteau qui interdisait la consommation d'alcool à cet endroit, tandis qu'il regardait les nombreuses voitures qui s'arrêtaient, les gens en maillot de bain qui stationnaient sur le chemin de la plage pour acheter quelques bricoles et des boissons fraîches ; des types avec de gros ventres, en bermuda, des femmes attifées de ridicules petits chapeaux de paille que le vent menaçait de leur arracher, et des enfants pleurnichards qui traînaient leurs seaux, leurs petites pelles, leurs bouées gonflables. C'était une journée parfaite pour bronzer au soleil ; c'est peut-être pour ça qu'il n'a pas été surpris de trouver le gros allongé sur un des transats qu'il y avait autour de la piscine, dans le même maillot de bain qu'il avait la première fois où ils avaient bu ensemble sur l'embarcadère, alors que la fête d'anniversaire de cet avorton sur pattes de Micky Maroño touchait à sa fin. D'ailleurs, Micky était également sur la terrasse cet après-midi-là, il remuait bruyamment ses jambes dans le petit bassin en compagnie de deux autres enfants de la résidence, sous le regard accablé d'une domestique en tenue de service. Polo s'est approché de lui, prenant un air naturel, et il s'est mis à ramasser les ordures qui commençaient déjà à s'accumuler dans cette zone, s'approchant toujours un peu plus du gros, qui faisait semblant de dormir, les mains croisées sous sa tête et le visage en partie occulté par des lunettes noires. Même les poils de ses aisselles étaient blonds, ou plutôt d'un marron décoloré ; son ventre, mou et luisant de crème solaire, sillonné de vergetures, était une grande tentation pour les poings de Polo. Il a détourné les yeux pour voir comment Micky, allant à l'encontre des consignes fébriles de la bonne, s'approchait du bord de la piscine principale et s'y jetait avec impatience. Sa petite silhouette, fuyante et fibreuse comme le petit d'un crocodile blanc, a glissé tout près du fond et a tardé à émerger, avec ses yeux verts exorbités, et ses petits bras qui s'agitaient dans l'air, sa bouche arborant un sourire auquel il manquait quelques dents, au grand soulagement de la jeune femme qui avait posé sa main brune sur sa poitrine tremblante et était déjà sur le point de se jeter à l'eau pour récupérer le gamin mal élevé. Des reproches et des réprimandes timides, le rire arrogant du gamin, le ciel blanc, décoloré, embué par l'éclat du soleil inaltérable, l'eau limpide et bleue comme aucune autre eau que Polo aurait vue par le passé. Qu'il avait envie de plonger dans cette piscine, sous les yeux effrayés de la bonne et des gamins insupportables ; qu'il avait envie de fuir cette chaleur en plongeant, comme le gamin l'avait fait, dans cette eau cristalline, jusqu'à frôler avec son ventre le fond bleu avec ses mosaïques élégantes et non pas le fond plein de vase, tout collant et boueux, du Jamapa, la seule « piscine » que Polo connaissait. Une brise inquiétante est montée du fleuve, charriant l'arôme du limon, et le gros, à côté de lui, a semblé sortir de sa rêverie. Allez savoir à quoi il pensait, en tout cas, maintenant, il souriait. Polo a fait semblant de ramasser quelques mégots près du transat. Prêt ? a demandé le porc. Sa voix résonnait de manière rauque, comme brouillée. Qu'est-ce qui t'est arrivé ? lui a demandé Polo en voyant l'ombre rosée, cernée de violet, qui dépassait sous la monture de ses lunettes noires, sur l'œil gauche de ce porc. Le sourire de Franco s'est figé sur son visage avant de devenir plus grand, plus mort encore. Mon père est venu nous rendre visite, et les grands-parents lui ont raconté mes exploits. Il t'a puni ? a demandé Polo, mais le gros a haussé les épaules et a immédiatement décroisé les mains ; un de ses doigts, l'annulaire de la main droite, avait un bandage rigide. À neuf heures, alors ? a-t-il demandé à Polo. Tu es sûr qu'ils vont te prêter la voiture ? Le gros a glissé la main dans la poche de son maillot de bain et en a tiré les clés de la Honda de ses grands-parents. Polo s'est retourné, le sac d'ordures à la main, son cœur tremblait dans sa poitrine.

La pluie a éclaté après sept heures du soir, une averse soudaine et bruyante qui l'a obligé à se réfugier dans la cabane de Rosalío. Le gardien buvait au goulot d'une bouteille de liqueur d'anis, sans étiquette. Polo s'est déshabillé pour enfiler sa tenue de ville. Prends une gorgée, gamin, lui a proposé Rosalío. Tu pars déjà, si tôt ? Urquiza a demandé que tu passes un coup de serpillière sur la terrasse. Il pleut, qu'il fasse pas chier, a répliqué Polo, il n'y a plus personne dans la piscine. Rosalío l'a regardé, surpris. Pourquoi t'es pressé ? T'as peur que ta bite sèche si tu vas pas tout de suite voir un petit cul ? Puis un rire imbécile, et le relent collant de la liqueur dans son haleine. Polo lui a pris la bouteille et a bu une gorgée. Ce truc était tellement mauvais que sa gorge s'est fermée, comme lacérée. Putain, a-t-il lâché entre deux toux. Comment peux-tu boire cette saloperie ? Oh là, t'es drôlement raffiné, a lâché Rosalío, moqueur. La pluie a redoublé. Depuis la fenêtre de la cabane de gardiennage, on distinguait à peine les maisons du lotissement ; celle du gros, par exemple, avait disparu derrière un rideau couleur de plomb. Rosalío a palpé le mur jusqu'à ce qu'il trouve l'interrupteur. Prends une autre gorgée, gamin, en attendant que la pluie se calme, mais Polo a refusé. Il valait mieux que le vieux boive cette saloperie tout seul pour qu'au petit matin il soit bien bourré, écroulé sur son immonde chaise en plastique. Il est resté un moment de plus, environ vingt minutes qui lui ont semblé interminables, il écoutait d'une oreille les conneries de Rosalío, essayant également d'estimer à quel moment le déluge allait s'arrêter, puis la pluie s'est suffisamment calmée pour qu'il puisse se tirer de là sans avoir l'air d'être complètement fou. Il a pris son vélo mais n'est pas monté dessus, il l'a traîné par le guidon et est entré dans le terrain contigu, s'assurant qu'il n'y avait personne dans la rue qui aurait pu le voir. Il a traversé le terrain jusqu'à la grande maison abandonnée puis il a caché le vélo dans un coin du vestibule. À ce moment-là, l'orage n'était plus qu'une bruine qui s'écoulait en formant de grosses gouttes à travers le feuillage serré des arbres. Il a fumé quelques cigarettes debout, pour ne pas se mouiller les fesses sur les marches humides, il déambulait en traçant de grands cercles et en chantant, les dents serrées, *voy a llenarte toda*, la première connerie qui lui était venue à l'esprit, *lentamente y poco a poco*, il ne cessait de chanter pour éviter de penser aux murmures, *con mis besos*, aux yeux fantomatiques qui étaient sans doute en train de l'épier depuis l'obscurité, à l'intérieur de la maison, jusqu'à ce que l'écran de son téléphone indique neuf heures. Il a traversé le terrain puis a gagné la rue, où Franco l'attendait déjà à bord de la voiture de ses grands-parents. Ne salis pas la moquette, ils vont m'emmerder si tu laisses des taches, c'est la première chose qu'a dite l'affreux porc. Polo a imaginé la grand-mère de Franco, une vieille dame très grosse avec des cheveux blancs et bouclés, juchée sur le corps pâle et gras de son petit-fils, complètement nue, secouant ses seins roses comme des sacs mous, tandis que son grand-père, ce vieux croulant, les regardait de près, la tête tournée vers le bas, astiquant son haricot sans enthousiasme, et il a tiré la langue avec une grimace de dégoût. Le gros conduisait avec aisance, calmement, mais Polo ne pouvait pas éviter de s'accrocher au siège et à la poignée. La pluie avait cessé, même si les éclairs perçaient encore par moments le ciel gorgé de nuages noirs. La nuit était déjà tombée mais ce porc portait encore ses lunettes de soleil. Il a failli lui dire de les enlever ; il voulait voir l'œil au beurre noir que son père lui avait laissé, sûrement parce qu'il s'était montré sûr de lui et insolent, puis il s'est dit que ce n'était pas le moment. Ce n'était pas son affaire. Il n'a plus ouvert la bouche jusqu'à ce qu'ils arrivent au rayon quincaillerie de Walmart, où ils devaient choisir avec quoi ils allaient attacher et bâillonner les Maroño. Ce porc avait déjà mis quatre rouleaux de gros Scotch couleur cannelle dans le caddie, où il y avait également deux pantalons noirs, medium pour Polo et XXL pour le gros, deux sweats, également noirs, deux paires de collants – les plus foncés qu'ils ont trouvés, car à cette période de l'année on ne vendait pas de cagoules ni de gants, comme ils avaient cru –, deux lampes de poche et des piles de rechange. Polo était sûr que ce n'était pas ce Scotch-là qu'il fallait. Pas celui-ci, putain, a lancé Polo au gros à voix basse. Comment ça, pas celui-ci, a grogné l'autre. Je te dis que ça va pas marcher, il faut qu'il y ait des petits fils, ducon ! Quels petits fils, tu sais rien, toi, de quoi tu parles ! Je peux vous venir en aide, messieurs ? a lancé une petite voix nasillarde dans leur dos. C'était une jeune fille, une adolescente comme eux, elle portait un immense gilet orange et de grandes lunettes en résine noire. On veut de ces rubans gris…, a marmonné Polo. Des rubans gris ? a répété la fille. Ses dents jaunes, parcourues par les fils métalliques et les arcs d'un appareil dentaire, le rendaient nerveux. Oui, ces rubans gris qui ont comme des petits fils, a-t-il réussi à expliquer. Ah ! s'est exclamée la jeune fille, vous êtes en train de chercher des rubans de kidnappeur ! Puis elle s'est baissée pour fouiller en bas de l'étagère. Le gros a lâché un petit rire hystérique et Polo a été obligé de lui donner un coup de coude et de lui écraser le pied. C'est comme ça que les gens l'appellent, a dit la fille, avec un sourire métallique. Ils ont dû attendre qu'elle parte pour prendre quatre rouleaux supplémentaires, avant de se diriger vers les caisses. Le porc, toujours avec ses lunettes noires, a jeté tout ça sur le tapis, et il a fini par ajouter deux boîtes de préservatifs qu'il a prises sur un présentoir à côté des magazines et des chocolats. J'ai failli oublier ça, a-t-il dit avec un clin d'œil, et Polo a été pris de nausées. Il regardait les objets avancer sur le tapis et, à un moment, il a eu la certitude que la caissière, une femme avec des cheveux teints d'un violet cuivré et des rides marquées sur le visage, allait appeler la police lorsqu'elle verrait ce qu'elle était sur le point d'encaisser ; la raison pour laquelle ils voulaient tout ça était tellement évidente, le gros était un couillon et il l'était encore plus, lui, pour l'avoir écouté. La police serait sans doute dehors, pour les cueillir à la sortie ; il lui a même semblé entendre les sirènes hurlant à proximité. Pour corser le tout, le gros, cet imbécile, cet attardé mental, avait commencé à bavarder avec la caissière : il parlait de la pluie, des rues inondées, des infiltrations d'eau dans le magasin ; on aurait dit qu'il voulait que la caissière se souvienne d'eux. Polo a enfoncé sa casquette jusqu'aux sourcils ; il ne savait pas où mettre ses mains, les laisser pendre le long de son corps, les croiser sur sa poitrine, les enfoncer dans les poches de son pantalon. Il regardait autour de lui et il lui semblait qu'il y avait des caméras partout, il ne comprenait pas pourquoi le gros mettait tant de temps à payer et à se tirer de là. Il a senti un pincement au niveau de la vessie, mais il ne savait pas si c'était l'envie de pisser ou simplement le poids glacé de la panique. Le magasin était rempli de gens impatients, de mauvaise humeur parce que obligés de faire à cette heure-là, un dimanche, les courses pour la semaine ; le seul point positif était que la caissière semblait tellement agacée et fatiguée d'être debout depuis si longtemps, à s'occuper d'une tripotée de couillons, qu'elle a répondu par de simples monosyllabes au bavardage exalté du gros, elle n'a même pas levé les yeux au moment de leur donner leur ticket et la monnaie, elle était déjà pressée d'encaisser les achats du pauvre diable qui faisait la queue derrière eux. Quand ils ont enfin quitté les lieux, Polo s'est arrêté un instant pour ramasser le ticket de caisse dont le gros avait fait une boule qu'il avait jetée à l'entrée du magasin. C'est un indice, crétin, lui a-t-il lancé. Le gros a montré les dents quand il a vu Polo défroisser le ticket puis le déchirer en tout petits morceaux qu'il a gardés dans son poing fermé jusqu'à ce qu'il puisse le jeter par la fenêtre de la voiture, quand ils ont traversé le pont.

Leur plan était que Polo entre dans le lotissement caché dans le coffre, pour éviter d'être vu, et qu'il reste dans le parking des Andrade jusqu'à ce que le gros aille le chercher à trois heures du matin, l'heure à laquelle ils avaient décidé de se rendre chez les Maroño. Polo n'a pas du tout aimé l'endroit où le gros pensait le cacher : de minuscules toilettes de service, consistant en un petit couloir avec un lavabo inutilisable et des WC ensevelis sous une muraille de cartons, des piles de vieux magazines, des pots de peinture et une quantité surprenante d'objets, parmi lesquels un immense sac avec des clubs de golf et un ventilateur sur pied ; Polo pouvait à peine se tenir debout. Ils ont discuté une minute à voix basse et le gros a fini par le pousser à l'intérieur. Il a murmuré : Dors un moment, puis il a fermé la porte à clé. Polo a eu envie de crier pour réveiller toute la maison, mais il s'est contenté de déplacer quelques objets afin de libérer un espace où il a finalement pu s'asseoir, enlacer ses genoux et reposer la tête sur ses avant-bras. Il n'arrivait pas à dormir, mais il n'osait pas repasser dans sa tête les détails de leur plan ; son esprit était ailleurs. Vraiment, ils étaient sur le point de le faire ? Il était vraiment aussi fou que le gros pour le suivre dans ce projet insensé, ridicule, puéril ? Et tout ça pour qu'il enfonce sa bite dans cette femme ! Comme si une simple chatte justifiait tout cet effort, toute cette énergie, l'hécatombe qui allait avoir lieu, l'apocalypse de leurs vies, tout mis en pièces pour une maudite foufoune, pareille à n'importe quelle autre : un trou noir, baveux, vaseux, sentant le marais putride. Mais qu'est-ce qu'il avait dans la tête, ce gros imbécile ? Et si le moment venu, il regrettait ? Et si la femme le suppliait à genoux et qu'il l'épargnait ? Et s'il n'était pas capable de leur tirer dessus ? Et si les coups de feu réveillaient les voisins ? Franco irait tout droit devant le tribunal des mineurs, à moins que ses grands-parents ou son père mi-avocat, mi-gangster ne puissent le sauver, mais Polo, qui avait eu seize ans au mois de février, aurait droit au tribunal des adultes, si ce salaud de Milton, cet égoïste, refusait de l'aider, ou s'il ne parvenait pas à quitter le lotissement après leur coup, ou s'il y avait un autre souci. Il mourait d'envie de boire. Il mourait de soif, mais ce porc n'avait rien voulu acheter, sous prétexte qu'ils devaient avoir les idées claires, que des conneries ; c'est plutôt que cet ignoble gros avait peur que l'alcool l'empêche de baiser le moment venu, à tous les coups il était en train de se branler avec frénésie, tandis que Polo transpirait et étouffait dans cette petite pièce sombre où il ne pouvait même pas pisser sans faire un raffut qui réveillerait toute la maison. Il a eu l'idée de pisser dans le lavabo, souillant avec sa pisse la pile de magazines qui reposait sur la porcelaine ; il a pensé forcer la serrure de la porte et partir en courant, laisser tomber ce plan délirant, mais il a fini par s'endormir, tellement profondément qu'il n'a même pas entendu quand Franco a ouvert la porte et qu'il a murmuré son nom : Polo, Polo, réveille-toi, putain, et durant un moment, Polo a eu l'impression que c'était sa mère qui lui parlait, qui le secouait en tirant sur ses vêtements et en lui donnant des claques pour qu'il se lève et parte à l'école, pour qu'il aille chercher du boulot à Boca, pour qu'il aille tondre l'éternel gazon de Paradaïze ; il avait envie de se retourner sur sa paillasse pour continuer à dormir, mais il a cogné sa tête contre le sac de golf et les clubs de métal ont tinté, alors Polo s'est redressé puis il s'est assis. C'est l'heure, putain, marmonnait ce porc, les dents serrées, tandis qu'il commençait à se déshabiller dans le garage ; sa peau brillait, pâle et rose, presque entièrement imberbe comme celle des cochons après avoir été abattus, rouge et poilue uniquement au niveau de l'aine et des testicules. Il n'avait plus ses lunettes noires, son œil gauche était gonflé et couleur prune, l'annulaire de la main droite également, maintenant qu'il avait enlevé son bandage rigide en faisant une grimace de douleur, puis il a enfilé le sweat ; même la taille XXL était un peu juste pour lui, son torse avait l'air d'un tamale mal fichu. Polo s'est levé avec peine, tout son corps lui faisait mal et était engourdi. Il faut que je pisse, a-t-il dit à Franco. Ben, retiens-toi, lui a répondu le gros. D'abord, le plus important. Le gros a posé un genou par terre et il a commencé à nouer la courroie d'un fourreau à son mollet droit ; il n'avait pas encore enfilé son pantalon, son sexe informe pendait, tout dégonflé, avec son long prépuce en pointe, ridé, dégoûtant, s'est dit Polo. Du fourreau on voyait dépasser le manche en bois d'un immense couteau, avec une très longue lame presque noire, vétuste, datant sûrement de l'âge de pierre. Qu'est-ce que c'est que ce machin ? a demandé Polo au gros. Un couteau de combat, a répondu le crétin. Tu l'as aussi piqué à ton grand-père ? Non, a répondu ce porc, tandis qu'il remontait son pantalon et vérifiait la courroie. Il est à moi, le vieux me l'a offert. Il était à son père, du temps où il a fait la guerre. Polo allait lui demander de quelle guerre il parlait, quand ses entrailles ont gargouillé ; maintenant, non seulement il avait envie de pisser, mais aussi de chier, c'était les nerfs. Il a contracté ses sphincters tandis qu'il se changeait. Prêt ? a demandé le porc. Il semblait très tranquille, mais la voix de ce fils de pute tremblait. Et le pistolet ? a demandé Polo. Le gros a fait un mouvement vers sa braguette. Le Glock, a précisé Polo, en faisant un geste avec son majeur. Franco a lâché un petit rire, aussi désagréable que le grincement d'une scie coupant un bout de fer. Il l'avait dans la poche avant de son sweat, lui a-t-il expliqué, chargé, comme il fallait. Chacun a glissé sa tête dans un bas. La sensation était horrible, extrêmement désagréable. Ils ont failli éclater de rire quand ils se sont regardé l'un l'autre : ils étaient parfaitement ridicules. Ils n'avaient pas trouvé de gants en tissu dans le magasin, alors ils ont dû mettre des gants chirurgicaux dans lesquels leurs mains transpiraient. Ils ont glissé leurs vêtements dans un sac-poubelle qu'ils ont jeté dans le container se trouvant juste à côté de la porte du garage, en sortant.

Ce qui s'est passé après, entre trois et sept heures du matin, ce lundi de la fin du mois de juillet, Polo allait par la suite s'en souvenir comme d'une succession d'instants presque muets : la pluie glacée qui tombait sur leurs visages voilés, de grosses gouttes, abondantes ; l'envie de pisser mêlée à la peur au moment de pénétrer par la porte de la cuisine, ouverte et sans verrou, ainsi que le gros l'avait prévu ; tous les meubles qu'il y avait là-dedans : des fauteuils, des tables basses, des poufs, des coussins, des étagères et des lampes qui remplissaient l'immense salon éclairé par un filet de lumière froide qui semblait venir du plafond ; la moquette couleur crème ; la fraîcheur de l'air conditionné qui a immédiatement congestionné leur nez et leur poitrine ; l'expression d'effroi d'Andy quand il s'est assis sur son lit, lorsqu'ils ont ouvert la porte de sa chambre au rez-de-chaussée, à côté de l'escalier ; la façon dont son corps sec se tordait sous leur poids, à tous les deux, tandis qu'ils l'attachaient sur le lit pour l'immobiliser ; les difficultés qu'ils ont eues à appliquer le ruban gris sur sa chair, faire en sorte que les deux extrémités ne collent pas entre elles en attachant les jambes musclées du jeune homme, en tordant ses bras imberbes dans son dos et en ouvrant sa mâchoire pour enfoncer dans sa bouche la housse de l'oreiller, au milieu de ses pleurs étouffés ; l'ascension des marches, dans le noir complet ; la porte entrouverte de la chambre de l'autre enfant, l'intérieur rempli de jouets comme un décor de Noël, le lit vide, les couvertures par terre ; Maroño surgissant dans le couloir, son air défait en les voyant, les mains devant son visage, la lumière de la chambre allumée ; la porte claquant contre le mur après un bref moment passé à la forcer ; le canon du pistolet près du visage de Polo ;

madame Marián réveillée, assise au bord du lit, Micky en larmes, dans ses bras, la tête enfoncée dans sa poitrine ; Maroño les protégeant avec son corps, les mains vers l'avant, conciliantes ; *prenez tout*, disait-il, quand Polo parvenait encore à l'entendre, tandis qu'il lui attachait les mains avec le ruban adhésif, les chevilles, *prenez tout, je vous donne les clés, la clé du coffre, ce que vous voulez, mais s'il vous plaît*, tout ça au milieu des pleurs de la femme et des hurlements du petit et des cris hystériques du gros qui leur demandait de la fermer : *taisez-vous, taisez-vous tous, putain, vous m'empêchez de réfléchir*, comme s'il ne savait pas ce qui venait après, quelle était l'étape suivante, et à vrai dire Polo ne s'en souvenait pas non plus ; *le gamin, prends le gamin,* a dit le gros, soudain, *emmène-le en bas avec son frère, qu'il ne s'aperçoive de rien* ; les yeux écarquillés de la femme lorsqu'elle les a reconnus, malgré leur accoutrement et les bas sur leurs têtes ; la force avec laquelle elle a alors serré l'enfant dans ses bras, refusant de le livrer, malgré le pistolet ; la douceur surprenante avec laquelle Polo a commencé à s'adresser à elle : *madame, ne vous inquiétez pas, je vais prendre soin de lui, je vais l'emmener avec son frère, je vous le promets* ; les mains tremblantes de la femme, quand elles se sont retrouvées vides ; sa bouche pâle cerclée de rides ; la peau molle et couverte de taches de rousseur de ses seins qu'on voyait à travers le décolleté de sa chemise de nuit satinée ; le bruit assourdissant du coup de feu qui a blessé Maroño à la tête, l'explosion qui a fait vibrer la chambre, la maison tout entière, la rue sous la pluie et probablement tout le lotissement, et jusqu'au centre de Boca del Río, tandis que le corps de Maroño s'écroulait sur la table de nuit, avec un filet de sang qui était déjà en train d'apparaître au coin de son œil éclaté ; le cri étranglé qu'a lâché la femme avant que le gros ne la menace avec son arme ; l'enfant qui se débattait en agitant les jambes dans les bras de Polo, frappant ses mollets de ses pieds nus ; le gros qui fermait avec délicatesse la porte de la chambre ; la soudaine docilité de Micky lorsqu'il est resté seul avec Polo dans le couloir sombre ; le retour mouvementé jusqu'à la chambre d'Andy ; le corps mince de l'adolescent se tordant par terre, le dos courbé, haletant dans son effort pour prendre de l'air par ses narines rougies, le seul espace que le ruban ne couvrait pas ; le filet de morve qui s'était mis à couler du nez de Micky et que Polo a dû lui essuyer avec une chaussette sale avant de s'agenouiller devant l'enfant pour lui attacher les mains à l'aide du ruban adhésif ; l'éclat de peur dans les yeux verts du gamin, limpides comme des billes de verre, quand Polo lui a demandé d'ouvrir la bouche et de mordre bien fort la chaussette qu'il avait nouée ; la voix du gros dans sa tête – *emmène l'enfant, emmène-le en bas, comme son frère, pour qu'ils ne se rendent compte de rien* – tandis qu'il couvrait la bouche de Micky, en faisant plusieurs tours de ruban, ses yeux mouillés de larmes, le nez de nouveau plein de morve, puis, se tournant vers Andy pour faire la même chose, lui couvrir tout le visage avec du ruban, jusqu'à ce qu'il n'y ait plus un seul centimètre de peau rosée à découvert : *qu'ils ne se rendent compte de rien* ; l'envie furieuse de boire de l'alcool qui a envahi Polo lorsqu'il a fini son travail avec les enfants et qu'il est sorti dans le couloir, fermant la porte derrière lui ; la mine défaite du gros qui l'a accueilli sans son pantalon, le visage à découvert, il n'avait plus le bas qui le couvrait, quand Polo a finalement décidé de monter pour lui demander, après s'être envoyé une demi-bouteille de tequila blanche fauchée dans le bar de Maroño, juste histoire de se donner du courage, quelle était la suite du plan car il avait oublié ; les gros seins, lourds, de la femme, ses tétons bruns qui bougeaient comme des pis de vache tandis qu'elle pleurait, recroquevillée dans un coin de la chambre, vêtue seulement d'une culotte rose ; les jambes de Maroño qui dépassaient de la couette jetée sur son corps, de l'autre côté du lit, la tache de sang qui grandissait sur le tissu blanc tandis que le gros arpentait la chambre, furieux, gueulant : *aide-moi à l'attacher, c'est plus difficile que je ne pensais, elle se laisse pas du tout faire*, tandis qu'il tirait sur sa bite avec sa main gauche, essayant de sauver son érection médiocre, alors que dans la main droite, il serrait le pistolet, et son regard de fou rivé sur la femme accroupie ; le petit filet de voix avec lequel la femme s'est adressée à

Polo tandis qu'il lui attachait les poignets : *Polo, aide-nous, tu ne dois pas faire ça, Polo, je sais que tu es bon, aide-nous, s'il te plaît*, tandis que Polo posait un genou sur le sol pour attacher également ses chevilles ; le coup de pied que ce porc de fils de pute lui a envoyé dans les côtes, indigné : *je t'ai dit les mains, seulement, putain, comment tu veux que je la baise si tu lui attaches les jambes ?* tandis qu'il sortait le couteau du fourreau attaché à son mollet pour couper le ruban qui retenait les chevilles de la dame ; les roucoulements avec lesquels le gros essayait de calmer la femme tandis qu'il la caressait : *allez, mon amour, calme-toi, ma belle, tout va bien se passer, je veux juste que tu me suces un peu, d'accord ? juste un peu* ; le retour au rez-de-chaussée, tout droit vers le bar de Maroño pour soigner la douleur après le coup de pied, quel porc imbécile ; coller ses lèvres avec frénésie sur toutes les bouteilles ouvertes ; errer dans toute la maison pour rassembler les objets de valeur qu'il avait tellement voulu faucher et dont il se foutait, maintenant ; les clés du Grand Cherokee blanc, le sac de la dame, l'écran plat du bureau, le seul qu'il a pu prendre dans le salon car tous les autres étaient vissés aux murs, les consoles de jeu, le téléphone portable avec une caméra et l'ordinateur portable sur le bureau de la chambre d'Andy, une pièce glacée à cause de l'air conditionné et du silence qu'on y respirait, les deux gamins immobiles, sur le sol, le dos courbé, *qu'ils ne se rendent compte de rien* ; le retour, chancelant, à la chambre principale ; le cri exaspéré de Franco lorsqu'il l'a entendu frapper à la porte : *Putain, qu'est-ce que tu veux maintenant ! On me laisse pas me concentrer !* ; leur discussion au sujet des bijoux et des montres ; le soupir indigné du porc avant de s'allonger une nouvelle fois dans le lit, à côté de la femme ; les yeux suppliants de madame Marián, qui ont suivi Polo jusqu'au dressing, la peau de ses jambes à présent couverte de coups et de griffures ; la recherche frénétique de Polo dans les grands et petits tiroirs ; le sac à main qu'il a vidé pour le remplir avec les bijoux et les montres pris dans des boîtes et des poches de velours, puis qu'il a accroché à la ceinture de son pantalon et qu'il a caché sous son sweat ;

le visage halluciné de son propre reflet qui le regardait, suppliant et féroce, après qu'il a enlevé le bas pour lever les yeux vers le miroir ; les fesses plates et tremblotantes du gros, couché sur le ventre dans le lit, sa tête couverte de boucles blondes enfoncée entre les jambes ouvertes de la femme, qui pleurait en silence : quelle envie de perdre du temps ! pourquoi est-ce qu'il ne la baisait pas une bonne fois, pour qu'ils puissent se tirer de là ? ; le cri du vent, dehors, qui ressemblait tellement au hurlement des sirènes des patrouilleurs qui étaient sûrement déjà en route, alertés par les coups de feu, par les cris des Maroño, d'un moment à l'autre ils enfonceraient la porte et les arrêteraient ; la bénédiction du retour au bar, les goulots délicats des superbes bouteilles de Maroño ; le constat, soudain, qu'il lui fallait uriner d'urgence, autrement sa vessie allait éclater ; le frisson qui a couru le long de sa colonne quand il s'est enfin soulagé bruyamment dans les toilettes parfumées, à côté du vestibule ; l'appréhension qu'il avait à regarder son téléphone pour vérifier l'heure qu'il était ; l'accablement qui l'a envahi rien qu'à se rappeler qu'il leur fallait encore mettre le butin dans le Grand Cherokee blanc ; sa peur soudaine que le gros décide aussi de lui tirer dessus quand tout serait fini ; sa chute sur la moquette épaisse, alors qu'il venait de prendre quelques gorgées supplémentaires pour se donner du courage ; les difficultés qu'il a eues pour se remettre debout, traîner les objets et les fourrer dans la camionnette, la colère qu'il a éprouvée lorsqu'il s'est rendu compte qu'il était en train de pleurer, que de grosses larmes étaient en train de couler sur ses joues et qu'elles n'arrêtaient pas de se former, même s'il les balayait lui-même à coups de gifles ; le cri horrible, animal, le rugissement plutôt, qui a brisé le silence de Polo, dans sa panique ; la course frénétique dans le couloir qui vacillait ; la vision horrible de la femme nue en haut des escaliers, avec le couteau préhistorique à la main, les seins et le visage tachés de sang, les yeux devenus fous regardant vers le bas ; le jet d'excréments liquides qui s'est échappé de l'anus de Polo lorsqu'il s'est souvenu de la légende, celle de la Comtesse Sanglante qui descendait pour le chercher ; le coup de feu qui a retenti dans la cage d'escalier et qui a fait rouler la sorcière jusqu'au rez-de-chaussée ; les pleurs du gros enlaçant son corps ; les râles de la femme s'étouffant dans la moquette tachée de sang ; l'insupportable poids du gros s'appuyant sur le dos de Polo, tandis qu'ils se dirigeaient vers le garage ; le sifflement humide des poumons de Franco, le filet de sang qui émanait de sa bouche entrouverte et qui coulait sur sa poitrine pour tomber sur le tapis sous forme de grosses gouttes de couleur noire ; la tentative maladroite du gros pour faire démarrer la camionnette ; le coup sec de son front lorsqu'il s'est évanoui sur le volant, les entailles dans son dos d'où sortaient des bulles de sang, les blessures profondes et sifflantes que Polo n'avait pas vues avant ; la danse frénétique – il ne savait pas quel autre nom lui donner – qui a pris possession de lui durant quelques minutes, tournant dans le garage sans savoir quoi faire, s'arrachant les cheveux et pleurnichant, tandis qu'il réalisait que le gros était mort, que *tous* étaient morts, *tous étaient morts*, avant de se ressaisir et d'arriver à la conclusion qu'il fallait qu'il se tire de là, tout de suite ; la fuite qui a suivi, par la porte de la cuisine ; la course discrète sous la pluie drue, jusqu'à atteindre le quai ; le visage défait de la Comtesse Sanglante apparaissant entre les branches du ficus, entre les joncs du rivage, à chaque pas qu'il faisait, dans chaque ombre ; l'impulsion irrépressible de se jeter dans le fleuve, convaincu que les spectres ne pouvaient pas traverser l'eau ; la conviction absolue qu'il avait commis la pire erreur de sa vie, cette fois, vraiment, la pire erreur de toute sa chienne de vie, sa misérable vie, au moment où il s'est enfoncé comme un rocher dans l'eau, que ses habits de coton sont devenus des habits de plomb et que ses bottes de travail l'ont entraîné au fond tandis que le courant implacable le poussait vers l'estuaire, vers le pont où il avait l'habitude de pêcher, enfant, en compagnie de son grand-père, tout en parlant du bateau qu'un jour ils construiraient ensemble et alors qu'ils buvaient, en cachette, des gorgées généreuses du *poison* brûlant que le vieux fabriquait lui-même ; la terreur paralysante de constater que les lumières de Progreso, son seul point de repère pour arriver à l'autre rive, s'éloignaient malgré ses mouvements vigoureux de jambes et de bras ; la fatigue mortelle qui peu à peu a engourdi ses membres ; l'eau de pluie qui s'immisçait dans sa bouche quand il cherchait de l'air, tout haletant ; la sensation effroyable qu'il y avait dans l'eau quelque chose qui était à ses trousses, une créature énorme, recouverte d'écailles, qui se glissait entre ses jambes et qui, à un moment ou l'autre, allait le mordre avec ses mâchoires acérées ; le long, le très long moment – presque une nuit entière, lui a-t-il semblé – qu'il a passé allongé sur le dos au milieu d'un banc de sable, les bras et les jambes pris dans un buisson de lys, réapprenant à respirer, comme un nouveau-né ; et finalement le dernier parcours à travers l'obscurité de la brèche, au milieu du grincement infernal des grillons et des cigales, un chahut agonique qui d'une manière ou d'une autre a fini par s'incruster dans son cerveau, avec le cri fantomatique des patrouilleurs, au loin, qui le persécutaient, et qu'il a continué à entendre dans sa tête bien après être sorti du tunnel, après être entré chez lui par la porte donnant sur la cour pour s'effondrer, tout habillé et trempé, sur sa paillasse, à même le sol.

Il avait tout perdu : les clés, les chaussures, le téléphone, le vélo, le sac à dos avec son bleu de travail et le sac à main avec les bijoux des Maroño, mais ça n'avait aucune importance puisqu'il était vivant : il avait traversé le Jamapa en plein orage, dans le noir total de cette nuit de fièvre, et il en était sorti purifié, racheté, ou du moins c'était ce qu'il croyait. Il a fermé les yeux et il s'est évanoui durant une heure, jusqu'à ce que ce putain de réveil émette son habituelle petite musique, sa mère est apparue en claquettes dans sa chambre et elle s'est mise à lui crier dessus, il était déjà l'heure de se lever, couillon, c'est toujours la même chose avec toi, tu peux pas être responsable ? Polo a essayé de se lever, mais il n'a pas pu : chacun de ses muscles hurlait. Sa mère s'est approchée jusqu'à l'endroit où il était allongé. Qu'est-ce qui t'arrive ? lui a-t-elle demandé, suspicieuse. Je suis malade, je peux pas ouvrir les yeux, a dit Polo dans un gémissement. On aurait dit qu'ils étaient collés sous une croûte verte, visqueuse, comme l'été où, enfant, il s'était longuement baigné dans la rivière et que ses yeux s'étaient infectés. Malade ? a grommelé sa mère, plutôt ivre, je sens l'odeur d'ici, quel salaud, il manquait plus que ça, et soudain, alors que Polo ne s'y attendait pas car ça faisait des années que sa mère ne le faisait plus, il a senti la semelle d'une claquette lui brûler le visage, la nuque, les fesses, encore et encore tandis que sa mère le frappait et criait, furieuse : qui t'envoie te bourrer la gueule, putain de salaud, et un dimanche, en plus, t'es qu'un irresponsable ! Tu te lèves tout de suite car tu vas te lever, mon couillon ! Non mais putain, tu te prends pour qui ?

Il aurait aimé lui expliquer la vérité : que ce n'était pas de sa faute, que c'était la faute du gros, de son envie dingue de se faire cette femme qui avait préféré mourir plutôt que de lui laisser son corps, mais il n'a pas eu d'autre choix que de se lever, laver son visage dans la bassine et s'habiller avec une autre salopette usée, puis sortir de chez lui sans prendre de petit déjeuner, sans même avoir bu une gorgée d'eau car il sentait que son estomac avait rétréci, tandis qu'il pédalait sur le vélo jaune de Zorayda, les yeux embués par la fatigue et par la chassie verte qui était toujours plus abondante, sur le chemin de toujours, le chemin que ses muscles connaissaient par cœur, et qui lui semblait alors plus pénible que jamais, précisément parce que tout autour de lui semblait habituel et normal. Tout était pareil : le pont qui s'élevait au-dessus du fleuve, le soleil qui brillait derrière la ligne des arbres, tendres et frais après la pluie nocturne, les barbelés qui couronnaient les très hautes palissades des lotissements luxueux et que les gouttes de rosée rendaient resplendissantes. Même Cenobio, le gardien qui travaillait le jour, l'a salué depuis son poste, comme toujours, comme si rien de spécial ou d'étrange ou de terrifiant n'avait eu lieu la veille à Paradaïze, et que Rosalío ne lui avait pas fait part du bruit d'un coup de feu avant de lui remettre les clés de la cabane de gardiennage et le carnet où ils notaient le numéro des plaques des voitures qui entraient dans la résidence.

Même Urquiza est arrivé plus tôt que d'habitude et il lui a donné l'ordre de balayer toutes ces feuilles et ces branches brisées que l'orage avait jetées dans l'entrée du lotissement. Depuis cet endroit, serrant le balai dans ses mains tremblantes, Polo a observé le défilé des voitures luxueuses des résidents, des couillons parfumés qui partaient au bureau et des femmes apprêtées qui emmenaient leurs marmots en uniforme à l'école. L'espace d'un instant, il s'est dit que d'un moment à l'autre il verrait passer madame Marián à bord de sa camionnette blanche, les cheveux dénoués tombant sur ses épaules, les bras couverts de bracelets sonores et les lèvres couleur grenat recourbées dans un sourire coquet, tandis que ses deux rejetons mal élevés se disputeraient sur la banquette arrière, et il a senti ses genoux céder, comme s'il allait s'évanouir. Le balai lui a échappé des mains au moment où Griselda, la bonne des Maroño, est passée à côté de lui, visiblement pressée, avec son sac de voyage et sa tenue impeccable de domestique, avançant au petit trot en direction de la maison numéro sept, la seule qui, à cette heure matinale, avait encore les lumières de l'entrée allumées et les rideaux tirés, comme si c'était encore la nuit. À cet instant, leur dirait-il, il a éprouvé le désir de se tirer de là, de monter sur le vélo de sa cousine et de pédaler pour aller loin, peu importait où, le plus loin possible de ce lotissement, mais il a été arrêté par la certitude réconfortante de son absolue innocence : tout avait été de la faute de Franco Andrade, Polo n'avait fait qu'obéir à ses ordres ; ce pauvre imbécile était fou de cette femme, même si Polo ne comprenait pas pourquoi : sincèrement, il avait pensé que ce n'étaient que des conneries que racontait ce porc, un simple bavardage, que des paroles d'ivrogne pour remplir l'air de la nuit avec quelque chose d'autre que la fumée des cigarettes sur lesquelles ils tiraient tandis qu'ils buvaient ; comment aurait-il pu penser que le gros était sérieux ? Lui, la seule chose qu'il voulait, c'était arriver chez lui le plus tard possible. Il en avait assez, de tout, marre de ce village, de son travail, des cris de sa mère, des moqueries de sa cousine, marre de la vie qu'il menait, et il voulait être libre, libre, putain, c'était ça, son but dans la vie, ça ne faisait pas longtemps qu'il l'avait découvert. Libre, de n'importe quelle manière, voilà ce qu'il leur dirait, et lui-même lèverait la barrière devant les patrouilleurs qui débarqueraient ensuite, les sirènes éteintes mais sur le qui-vive, comme des chiens muets à l'affût de leur proie.

Cet ouvrage a été achevé d'imprimer
par CPI Firmin-Didot au Mesnil-sur-l'Estrée
pour le compte des éditions Grasset
en février 2022.

Mise en pages
PCA 44400 Rezé

PAPIER À BASE DE
FIBRES CERTIFIÉES

Grasset s'engage pour
l'environnement en réduisant
l'empreinte carbone de ses livres.
Celle de cet exemplaire est de :
650 g éq. CO_2
Rendez-vous sur
www.grasset-durable.fr

N° d'édition : 22368 – N° d'impression : 168.278
Dépôt légal : mars 2022
Imprimé en France